Paul Peppers Salonwagen
Grill
Grüne Idylle

Felix Huby

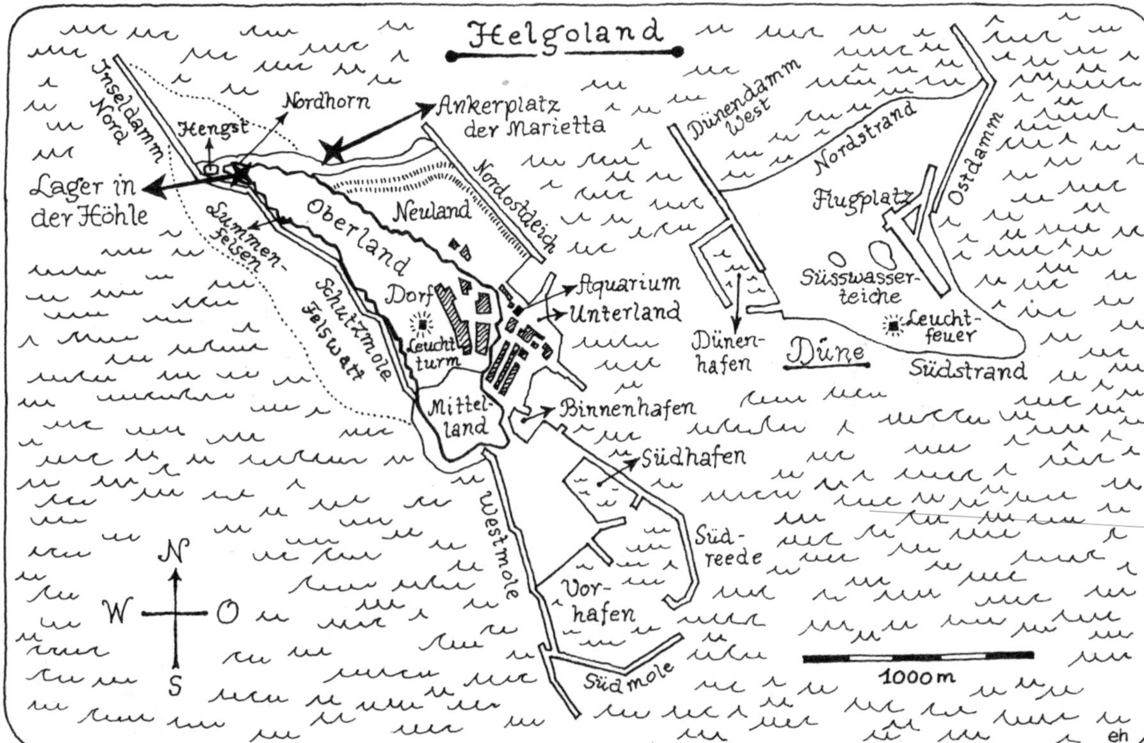
Helgoland
Inseldamm Nord
Hengst
Nordhorn
Ankerplatz der Marietta
Lager in der Höhle
Lummenfelsen
Oberland
Neuland
Nordostdeich
Schutzmole
Felswatt
Dorf
Leuchtturm
Mittelland
Aquarium
Unterland
Binnenhafen
Südhafen
Westmole
Südreede
Vorhafen
Südmole
Dünendamm West
Nordstrand
Ostdamm
Flugplatz
Süsswasserteiche
Leuchtfeuer
Dünenhafen
Düne
Südstrand
N
W
O
S
1000 m
eh

Felix Huby

Paul Pepper und die Video-Piraten

Franckh'sche Verlagshandlung
Stuttgart

Zwei Zeichnungen von Eva Hohrath

Umschlagtypographie und -illustration von Atelier Held + Rieger, Fellbach

CIP-Kurztitelaufnahme der Deutschen Bibliothek

Huby, Felix:
Paul Pepper und die Video-Piraten / Felix Huby. –
Stuttgart : Franckh, 1986.
ISBN 3-440-05638-4

Franckh'sche Verlagshandlung, W. Keller & Co., Stuttgart / 1986

ISBN 3-440-05638-4 / L 18sl H vk
Printed in Czechoslovakia / Imprimé en Tchécoslovaquie
Satz: G. Müller, Heilbronn
Geamtherstellung durch Artia, Prag

Paul Pepper und die Video-Piraten

Die Hauptpersonen

Paul Pepper, 58. Der Privatdetektiv wohnt in einem alten Salonwagen der früheren Reichsbahn. Die seltsame Behausung steht mitten in einem Garten – die *Grüne Idylle* genannt. Pepper ist früher einmal zur See gefahren – siebzehn Jahre lang und mindestens zwanzigmal rund um den Erdball. Eine Zeitlang war er auch bei der Polizei, aber dort hatte man ihn nicht behalten wollen, weil seine Methoden ziemlich ungewöhnlich waren. Jetzt arbeitet er als Privatdetektiv. Doch es ist nicht einfach für ihn – junge fixere Kollegen schnappen ihm immer wieder die dicksten Brocken weg. Indessen sind da noch Pit, Jonny und Arnica, und mit ihnen gemeinsam ist Pepper jeder Konkurrenz, manchmal sogar der Polizei, überlegen.

Peter Küster, genannt Pit, ist ein ruhiger, nachdenklicher Junge von 16 Jahren. Seine Eltern sind geschieden. Seitdem lebt Pit mit seiner Mutter allein und muß eine ganze Menge Verantwortung tragen. Seine besonderen Leidenschaften sind Fotografieren und Kajakfahren. Sein Boot hat er sich selber gebaut. Für sein Alter ist Pit ziemlich stark. Er ist ein guter Sportler, aber er ist nicht sehr redegewandt.

Arnica, 14. Ihre Eltern nennen Arnica einen ›Teufelsbraten‹. Sie hat hauptsächlich Unsinn im Sinn und ist – so gesehen – das ganze Gegenteil von Pit. Arnica wohnt nicht weit von Pepper und Pit, allerdings in einer Gegend, in der Einfamilienhäuser und schicke Bungalows stehen. Ihr Vater ist ein hohes Tier beim Gericht und schon deshalb mit den Extratouren seiner Tochter nicht einverstanden. Arnica besucht nicht nur die gleiche Schule wie Jonny, sie geht auch noch in die gleiche Klasse.

Jonny, 14. Er ist der umtriebigste im Team. Immer auf Achse, immer am Reden und Rechnen. Er führt die Geschäfte, stellt Kontakte her, horcht Leute aus, erfindet Tricks, sprudelt über vor Einfällen und schießt regelmäßig übers Ziel hinaus. Sein Vater ist Journalist und Schriftsteller, seine Mutter hat eine kleine Galerie, und da beide Eltern immer unglaublich beschäftigt sind, hat Jonny viele Freiheiten, die er weidlich ausnutzt. Er ist der Clown und das Mitglied der Truppe, das die anderen immer wieder aufrichtet, wenn sie ihre Köpfe hängen lassen. Jonnys Vater (Jonny heißt übrigens bürgerlich Johannes) ist ein vielbeschäftigter Mann. Doch wenn ihn die Kinder einmal brauchen, stellt er sich immer als Berater zur Verfügung. Manchmal springt dabei natürlich auch eine Geschichte für seine Zeitung heraus.

Frau Küster ist Pits Mutter, eine ruhige, liebenswerte Frau, bei der man immer Rat und Zuflucht findet.

Kriminalrat Rübenach, von den Kindern **Rübezahl** genannt, ist ein ziemlich grobschlächtiger Typ, nicht unsympathisch, von rauhbeiniger Herzlichkeit. Doch gegen Privatschnüffler hat er etwas. Für ihn kommt es gar nicht in Frage, daß andere sich in die Arbeit der Polizei einmischen. Und wenn sie dann womöglich noch erfolgreicher sind als er selbst, wird er fuchsteufelswild. Wegen seiner großen Verdienste um die Aufklärung vieler Verbrechen ist Rübenach vom Kriminalhauptkommissar zum Kriminalrat befördert worden. Aber das hat seine schlechte Laune auch nicht verbessert.

Marie Luise Scheringer, 81, Kioskbesitzerin und Märchenerzählerin. Sie betreibt ihren kleinen Laden, in dem es von Lakritzstangen bis zum Kunstdünger alles gibt, in einer ehemaligen Baracke. Der Holzschuppen ist völlig mit Efeu eingewachsen. Seit 14 Jahren will die Stadt an dieser Stelle einen Verwaltungsbau errichten, aber Frau Scheringer, die von allen liebevoll nur ›Die Alte‹ genannt wird, hat sich bisher erfolgreich widersetzt, wobei ihr Jonnys Vater kräftig geholfen hat. Für ›Die Alte‹ gibt es nichts Schöneres als einen neuen Fall. Dann lebt sie unheimlich auf, kombiniert, denkt mit, hat überraschende Ideen, ganz wie ihr Vorbild Miß Marple, der sie leider nicht nacheifern kann, weil sie nicht mehr gut genug zu Fuß ist.

Ein Anschlag auf Herrn Bergemaier

Herr Bergemaier, Starreporter beim ›Tagesanzeiger‹, deckte seine Schreibmaschine ab und nahm einen Stapel Manuskriptpapier vom Tisch. Er war allein im Reporterzimmer. Noch einmal überflog er den Text. Dann stieß er den Papierstapel mit der Unterkante auf und schob ihn in eine Klarsichthülle. Es fehlte bloß noch eine Überschrift, aber die fiel ihm ja vielleicht auf dem Weg zur Setzerei ein. Herr Bergemaier knipste seine Schreibtischlampe aus. Jetzt drang nur noch ein mattes Licht durch die Scheiben herein, hinter denen der lange Flur lag. Der Reporter erhob sich aus seinem Schreibtischstuhl und drückte die flachen Hände gegen sein Kreuz. Krumm und lahm fühlte er sich nach einem solchen Arbeitstag. Er sah auf die Uhr. Kurz nach elf. Bergemaier nahm sich vor, am nächsten Morgen lange zu schlafen.

Der Korridor war menschenleer. Leise hörte man das Stampfen der Druckmaschinen.

»In der Überschrift muß bereits deutlich herauskommen, wie verwerflich diese Videos sind«, sagte Bergemaier leise zu sich selber. »Vielleicht: ›Horror-Videos machen krank‹ oder ›Verbietet Schreckensvideos!‹ «

Unzufrieden schüttelte er den Kopf. Eine solche Forderung war wenig erfolgversprechend, solange mit solchem Schund Geld gemacht werden konnte. Der Umsatz mit den abstoßenden Horror-Videos ging in die Hunderttausende.

Herr Bergemaier stieg in den Aufzug und drückte auf den Knopf fürs vierte Untergeschoß.

»Schlimme Video-Visionen« – das sagte zu wenig. Na ja, nun sollte der Text erst einmal gesetzt werden. Die Überschrift hatte noch Zeit. Der Artikel würde erst in der Wochenendausgabe erscheinen, und jetzt war es Montag.

In der Setzerei nahm ihm der Schichtführer den Text ab.

»Na, wollen Sie sich wieder mal ein paar Feinde machen?« fragte er gut gelaunt.
»Das bleibt bei meinem Job nicht aus«, entgegnete Herr Bergemaier und tippte zum Gruß mit dem Finger gegen die Schläfe.
Es war eine klare Frühsommernacht. Herr Bergemaier trat auf den Hof hinaus. Sein Auto stand mutterseelenallein auf dem Redaktionsparkplatz. Während er darauf zuging, kramte der Reporter schon die Wagenschlüssel aus der Tasche.
Plötzlich standen wie aus dem Boden gewachsen zwei Männer vor ihm. Beide waren größer und breiter als der Journalist.
»Guten Abend«, sagten sie wie aus einem Mund.
Herr Bergemaier sah sie an. Er war erfahren genug, um zu wissen, daß es sich um zwei Schlägertypen handelte. Aber wegrennen hatte keinen Sinn. Sie waren zu zweit, und außerdem wirkten sie sportlich und durchtrainiert.
Bergemaier hob die Arme ein wenig und sagte: »Keine überstürzten Handlungen, bitte. Was kann ich für Sie tun?«
Einer von beiden lachte.
»Du mischst dich in Sachen ein, die dich nichts angehen«, sagte der andere.
»Das ist nun mal leider so in meinem Beruf.«
»Dann hast du eben den falschen!« Der Mann hob die Fäuste.
Herr Bergemaier versuchte zu lächeln. »Bevor Sie auf mich losgehen, würde ich schon gerne wissen, warum Sie das tun.«
»Denk halt nach!«
Ein Faustschlag traf krachend Bergemaiers Kinn, ein zweiter landete in seiner Magengrube. Ein stechender Schmerz fuhr durch Bergemaiers Körper bis zur Hirnschale hinauf. Dann verlor er das Bewußtsein. Er spürte nicht mehr, wie er zu Boden ging und wie die Angreifer ihn noch mit Fußtritten traktierten.

Erst im Krankenhaus erwachte Bergemaier aus seiner Ohn-

macht. Als erstes wurden ihm die Schmerzen bewußt, dann ein schaler Blutgeschmack im Mund. Erst nach drei oder vier vergeblichen Versuchen gelang es ihm, die Augen zu öffnen. Etwas verschwommen sah er eine weiße Gestalt. Im selben Augenblick wußte er, daß er in einem Krankenhaus war.
»Was ist mit mir?« fragte er.
»Das müssen Sie den Arzt fragen«, antwortete eine weiche, weibliche Stimme.
»Wie spät ist es?«
»Vier Uhr!«
»Nachmittags?«
»Nein, morgens!«
»Weiß meine Frau Bescheid?«
»Ja, sicher!«
Bergemaier schloß die Augen. Die Erinnerung kam langsam wieder. Die beiden Schläger fielen ihm ein. Der eine war vielleicht einsachtzig groß gewesen, der andere mindestens einsneunzig. Aber viel mehr war ihm nicht im Gedächtnis geblieben.»Schwester, sind Sie noch da?«
»Ja, ich bleibe bis zum Morgen.«
»Ist es so ernst?«
»Nur zur Vorsorge, falls sich noch innere Verletzungen herausstellen.«
Bergemaier schloß die Augen und schlief wieder ein.

Johannes Bergemaier, der von seinen Freunden nur Jonny genannt wurde, erfuhr beim Frühstück von dem Anschlag auf seinen Vater.
»Irgend so etwas habe ich schon immer befürchtet«, sagte Jonnys Mutter, eine elegante, zierliche Frau, die jetzt äußerst nervös wirkte. »Dein Vater ist manchmal rücksichtslos – gegen sich selbst, aber auch gegen uns.« Ihre Hand zitterte, als sie sich Kaffee eingoß.

Jonny sagte nichts. Er bemühte sich, sein Müsli schnell zu verdrücken; denn er wollte unbedingt noch vor Schulbeginn bei Paul Pepper vorbeigehen.
»Warum ißt du denn so hastig?« fragte seine Mutter, »das kenne ich gar nicht bei dir.«
»Das muß die Aufregung sein. Und überhaupt hab' ich keinen Appetit.« Er schob den Teller von sich.
»Na ja, kein Wunder.«
Jonny stand auf.
»Du hast doch noch Zeit«, sagte seine Mutter.
»Ich wollte noch mit Arnica die Hausaufgaben vergleichen.«
Er drückte seiner Mutter einen hastigen Kuß auf die Stirn und verließ die geräumige Küche, in der sie wochentags frühstückten.

Jonny war in weniger als fünf Minuten bei Paul Peppers *Grüner Idylle,* einem großen Gartengrundstück, in dem ein alter Eisenbahn-Salonwagen der ehemaligen Deutschen Reichsbahn stand.
Paul Pepper war früh aufgestanden. Er hatte zwar zur Zeit keinen Auftrag, aber er wollte die schönen Tage nutzen, um dem Salonwagen, der ihm als Haus diente, einen neuen Anstrich zu verpassen. Jonny traf ihn bei den Vorarbeiten an: Mit einer Drahtbürste schrubbte der Detektiv die alte Farbe ab. Er trug eine vielfach geflickte Latzhose und darunter ein T-Shirt, das in allen Regenbogenfarben schillerte. Das graue, widerspenstige Haar stand wild von seinem massigen Schädel ab. Pepper pfiff ein altes Seemannslied vor sich hin. Er genoß es, körperlich zu arbeiten – egal ob es im Garten oder an seiner achträdrigen Luxuslaube war.
»Hallo, Jonny«, begrüßte er den Jungen. »Wenn du so früh schon hier auftauchst, hat das was zu bedeuten!«
»Mein Vater ist zusammengeschlagen worden«, platzte Jonny

heraus. »Er liegt im Krankenhaus. Ziemlich schlimm.« Er schluckte und kämpfte gegen die aufsteigenden Tränen an.
Pepper legte die Drahtbürste aus der Hand. »Du kannst ruhig heulen«, sagte er und fuhr mit der Hand über Jonnys blonden Wuschelkopf.
Jonny schüttelte nur stumm mit dem Kopf. »Es hat bestimmt mit seiner Reportage zu tun.« Die Stimme des Jungen klang unsicher.
»Woran arbeitet er denn?«
»An einer Geschichte über Videokassetten.«
Pepper sah Jonny aufmerksam an. »Und du meinst, er könnte sich dabei Feinde gemacht haben?«
Jonny nickte.
»Jetzt geh du mal zur Schule«, sagte Pepper, »ich werd' mich darum kümmern.«
Irgendwie war Jonny erleichtert. Er hatte nahezu grenzenloses Vertrauen zu PP, wie er und seine Freunde Paul Pepper oft nannten.
»Ich besuche deinen Vater«, rief Pepper dem Jungen nach.
Aber zuerst wollte Paul Pepper die Frontseite seines Salonwagens vollends von der alten Farbe befreien. Weit kam er allerdings nicht damit. Schon zehn Minuten nachdem Jonny gegangen war kam Frau Scheringer, auf ihren Stockschirm gestützt, den geschwungenen Plattenweg herunter. Sie trug ihren unvermeidlichen Henkelkorb am Arm. Marie Luise Scheringer war 81 Jahre alt und wurde von allen Leuten ringsum liebevoll nur ›Die Alte‹ genannt, was sie selbst als Kompliment auffaßte.
»Frische Brötchen«, rief sie schon von weitem, »und selbstgemachtes Pflaumenmus.«
Pepper richtete sich auf. »Ich möchte wissen, wie Sie auf einen grünen Zweig kommen wollen, wenn Sie hier alles mit mir aufessen, was Sie eigentlich in Ihrem Kiosk verkaufen sollen.«
Frau Scheringer lachte. »Da bleibt noch genug übrig.«

Sie ging zu dem grobschlächtigen Gartentisch aus Birkenholz und packte aus.
Pepper wischte die Hände an seinen Hosenbeinen ab.
»Jonny war gerade da. Ein paar Schläger haben seinen Vater übel zugerichtet.«
»Mein Gott!« entfuhr es der Alten.
»Er liegt im Krankenhaus.« Pepper kam herüber, während Frau Scheringer Kaffee aus einer Thermoskanne in eine Tasse goß. »Es soll um irgendeine Videogeschichte gehen«, sagte der Detektiv.
»Ach!« rief Frau Scheringer, »das ist ja komisch!«
»Was soll denn daran komisch sein?«
»Seit vierzehn Tagen liegt mir so ein Vertreter in den Ohren, ich soll doch Video-Kassetten in mein Angebot nehmen – eine einmalige Chance sei das. Erstklassige Kassetten zum halben Preis!«
Pepper war nun ganz aufmerksam. »Raubkopien vermutlich.«
»Was soll denn das sein?«
»Ganz einfach: Der oder die Raubkopierer beschaffen sich einen Film aus einem Kino. Von dem Filmstreifen nehmen sie den Film ab und kopieren ihn auf ein sogenanntes Video-Mutterband. Das dauert kaum länger, als der Film läuft. Vom Mutterband kann man dann beliebig viele Kopien ziehen. Das kostet Pfennige, wenn man erst einmal die richtige Anlage hat.«
»Und Sie meinen, der hat mir solche geklauten Kinofilme angeboten?«
»Bestimmt!«
»Na, so ein Gauner. Der soll mir noch mal unter die Augen kommen!«
»Hoffentlich«, sagte Pepper.
»Wie bitte?«
»Vielleicht kommt man ja über einen solchen Vertreter an die Video-Piraten ran.«

»Haben Sie denn einen Auftrag?«
»Noch nicht. Aber im Augenblick kann ich von der Prämie vom Zenkerfall* noch ganz gut leben. Vorerst geht's mir darum, Jonnys Vater zu helfen.«
Er ließ sich in einem der ausladenden Birkenholzstühle nieder und griff nach einem Brötchen mit Pflaumenmus.
»Wie soll ich denn diesmal meinen Wagen streichen?« fragte er. »Grün oder lieber braun?«
»Regenbogenfarbig!« sagte die Alte und blinzelte vergnügt in die Sonne.
»Quatsch!«
»Das könnte doch hübsch aussehen!«
Pepper kniff die Augen zu und wiegte seinen schweren Kopf hin und her. Dann beugte er sich weit nach vorne und sagte: »Also, wenn dieser Mann mit den Videos wieder auftaucht, sollten Sie mir gleich Bescheid sagen.«

Gegen elf Uhr betrat Pepper Herrn Bergemaiers Krankenzimmer. Jonnys Vater lag halb aufgerichtet in den Kissen. Seine Frau stand neben dem Bett.
»Guten Morgen«, sagte Pepper, »wenn ich störe, komme ich später.«
»Ich war gerade im Begriff zu gehen«, sagte Frau Bergemaier. Sie beugte sich über ihren Mann und gab ihm einen Kuß, was er mit einem leisen »Autsch« quittierte. Dann versuchte er zu lächeln und sagte zu Pepper: »Sogar eine so angenehme Berührung tut mir weh.«
Frau Bergemaier gab dem Detektiv kurz die Hand und verließ das Zimmer.
Pepper sah Bergemaier an und mußte plötzlich breit grinsen.
»Was ist denn?« fragte der Reporter.

---

* Siehe *Paul Pepper und die Brandstifter,* Franckh Verlag, Stuttgart

»So wie Sie aussehen, soll ich meinen Salonwagen streichen – meint die Alte«, antwortete Pepper, »nämlich regenbogenfarben.«
»Ja, ich weiß«, gab Herr Bergemaier grimmig zurück. »Wer den Schaden hat, braucht für den Spott nicht zu sorgen. – Nett, daß Sie mich besuchen.«
Pepper setzte sich auf einen etwas altersschwachen Besucherstuhl.
»Jonny hat mir erzählt, Sie seien brutal zusammengeschlagen worden. Warum?«
»Wenn ich das wüßte.«
»Jonny meint, Sie hätten über Video-Raubkopierer recherchiert.«
»Nein.«
»Wie bitte? Stimmt das etwa nicht?«
»Nein, obwohl...«, Bergemaier unterbrach sich.
»Ja?«
»Na ja, mal angenommen, die Leute, die mit miesen Sex- und Horrorkassetten Geld machen, arbeiten auch als Raubkopierer...«
»Das könnte es sein«, Pepper stand auf und stapfte durchs Zimmer. »Die haben Angst bekommen, als Sie zu fragen begannen. Schließlich sind Sie nicht irgendein Reporter.«
»Sondern?«
»Das wissen Sie doch ganz genau. Sie sind *der* Starreporter hier, einer, der schon eine Menge Skandale aufgedeckt hat..., aber was rede ich da bloß, das weiß ja wohl keiner besser als Sie selber.«
»Aber ich kann's nicht oft genug hören.« Herr Bergemaier versuchte zu grinsen, doch es kam nur eine Grimasse dabei heraus.
»Jetzt mal zur Sache.« Pepper setzte sich wieder hin.
»Ist Ihnen irgendeiner dieser Video ... Dings ... äh ... Läden...«

»Videotheken«, sagte Bergemaier.
»Also, ist Ihnen so ein Laden besonders aufgefallen?«
»Ja, die Videothek Krahl. Der Besitzer heißt so. Ernst, genannt Ernie Krahl. Er hat seinen Laden in der Brunnenallee 50.«
»Und warum? Ich meine, warum ist er Ihnen aufgefallen?«
»Überall habe ich Auskunft bekommen. Nur dieser Krahl hat von Anfang an gemauert. Richtig ausfällig ist er geworden, dabei hatte ich eigentlich ganz höflich gefragt. Allerdings bietet auch keine andere Videothek in der Stadt so minderwertiges Zeug in solchen Mengen an wie dieser Krahl.«
»Trotzdem«, Pepper kratzte sich am Kopf, »auch wenn Sie den Mann gegen sich aufgebracht haben...«, Pepper ließ den Satz in der Luft hängen.
»Ich habe ja auch so meine Bedenken«, sagte Bergemaier. »Krahl hat nämlich unheimlich auf die Leute geschimpft, die zur Zeit die Stadt mit Billig-Kassetten überschwemmen.«
Pepper nickte. »Die Alte erzählte mir auch, daß ein Vertreter seit vierzehn Tagen versuche, sie als Video-Verkäuferin zu gewinnen.«
»Horrorkassetten – die haben in Frau Scheringers Angebot gerade noch gefehlt.« Herr Bergemaier unterdrückte das Lachen, das in ihm aufstieg, um dem Schmerz zu entgehen.
Die Tür des Krankenzimmers wurde leise geöffnet. Jonny steckte seinen Kopf herein. Dahinter tauchten Arnica und Pit auf.
»Nanu, eine Delegation«, rief Herr Bergemaier, »kommt rein, Leute, der Arzt hat mir Besuch erlaubt.«
»Und was sagt der Arzt sonst noch?« fragte Arnica.
»Drei Rippen gebrochen, das Nasenbein angeschlagen, Prellungen am ganzen Körper, aber keine inneren Verletzungen.«
»Und wann darfst du heim?« fragte Jonny.
»Frühestens in zehn Tagen.«
»Sie waren Video-Piraten auf der Spur?« meldete sich Pit.

»Eigentlich nicht. Ich habe einen Artikel erarbeitet, in dem es darum geht, wie gewissenlos manche Videotheken den übelsten Schund an Kinder und Jugendliche verkaufen.«
»Ich frage nur deshalb, weil bei uns im Boxklub neuerdings auch einer Videos verhökert – unglaublich billig übrigens.«
Pepper sah Pit sehr aufmerksam an. »Das scheint wirklich überhandzunehmen.«
»Ich hab' ihn gefragt, woher er die Billig-Videos bekommt«, sagte Pit, »aber er will nicht damit rausrücken.«
»Wozu haben wir eigentlich die Polizei?« warf Arnica ein.
»Damit jeder ein Strafmandat kriegt, der falsch parkt«, antwortete Pepper bissig.

Acht – neun – aus!

Frau Scheringer hatte einen Klappstuhl vor ihren Kiosk gestellt. Die Verkaufsbude stand am Ende der Estenfeldstraße auf einem kleinen, hübschen Platz, der von Birken umstanden war. Unter den Birken stand ein schönes Blockhaus, das man erst beim näheren Hinsehen als Kiosk erkannte. Obwohl es erst Anfang Mai war, schien die Sonne schon angenehm warm. Es roch nach Erde und Blumen, und das leise Summen der Bienen war das einzige Geräusch um diese Zeit. Kein Wunder, daß Frau Scheringer auf ihrem Stuhl eingenickt war. Ein lautes: »Tag auch, gnädige Frau«, weckte sie.
»Bin keine Gnädige«, knurrte die Alte und blinzelte in die Sonne. Dann erkannte sie ihn. »Aha, der Video-Mensch.«
»Tja, das soll sozusagen mein letzter Versuch sein.«

Frau Scheringer stand ächzend auf. »Also, bitte«, sagte sie.
Der Mann räusperte sich. Er war vielleicht siebenundzwanzig oder achtundzwanzig Jahre alt, hatte lockiges, schwarzes Haar und dunkle Augen. Sein Gesicht war gebräunt. Er trug einen modischen Blouson und Cordhosen.
»Sie können – quasi in unserem Auftrag – Video-Kassetten verleihen oder verkaufen, ganz wie Sie wollen. Wir legen Ihnen erst mal fünfzig Stück hin, ohne daß Sie irgendeine Verpflichtung eingehen.«
»Das heißt, ich nehme die Dinger in Kommission?«
»Genau. Abgerechnet wird nur, was Sie verkauft oder an Leihgebühr eingenommen haben.«
Die Alte klappte den Stuhl zusammen und lehnte ihn gegen die Wand des Kiosks. »Wie hoch ist meine Verdienstspanne?« fragte sie.
»Vierzig Prozent.«
»Nicht schlecht!«
»Überlegen Sie mal, wenn Sie tausend Mark Umsatz mit unseren Kassetten machen, bleiben Ihnen vierhundert Mark. Ist doch ein schönes Zubrot, oder?«
Die Alte ging in ihren Kiosk hinein. »Ich muß schnell mal telefonieren«, rief sie, »dann stehe ich Ihnen wieder zur Verfügung.«
Der Videomann nahm eine Illustrierte vom Aushang und begann zu blättern, während Frau Scheringer Peppers Nummer wählte.
»Hallo«, rief sie in den Apparat, »hier Scheringer. Ich wollte nur sagen, daß die Sendung wohlbehalten eingetroffen ist.«
Dann legte sie wieder auf. Sie beugte sich weit aus ihrem Verkaufsfenster und sagte: »Die Illustrierte kostet drei Mark und fünfzig!«
Der Vertreter steckte die Zeitschrift an ihren Platz zurück.
»Also, wie sieht's aus?« fragte er.

»Tja, wo ist eigentlich Ihre Firma?«
»In Hamburg«, antwortete der Mann schnell, »aber ich bin hier der Repräsentant. Sie hätten ausschließlich mit mir zu tun.«
»Aha. Und wie heißt die Firma, und wie heißen Sie?«
Der Mann reichte ihr mit einer kleinen Verbeugung seine Visitenkarte. Frau Scheringer las:

VIDEO – SCHAUHER – VERTRIEB GmbH & CO.KG HAMBURG REPRÄSENTANT: ARNOLD KÜHNE

»Kann ich denn die Kassetten aussuchen, die ich anbieten will?« fragte die Alte. »Niemand kennt hier die Leute so gut wie ich!«
»Nein, das geht leider nicht«, bedauerte der Vertreter. »Wir können nur deshalb so extrem günstig anbieten, weil wir nach eigenen Vertriebsüberlegungen vorgehen. Sie müßten die Partie so übernehmen, wie ich sie Ihnen bringe.«
Frau Scheringer beobachtete aus den Augenwinkeln, wie Peppers Wagen herfuhr und auf der anderen Seite der Straße parkte. Der Detektiv lehnte sich bequem in die Polster zurück und begann, sich eine Pfeife zu stopfen.
»Na ja«, sagte die Alte gedehnt, »das Angebot ist nicht schlecht.«
»Sie haben's sich also überlegt?«
»Einen Versuch ist es auf alle Fälle wert. Solange mir keine Kosten entstehen.«
»Aber, gnädige Frau, das sagte ich doch schon: Keine Kosten, nur Gewinne!« Der junge Mann lachte und ging zu seinem Auto, einem japanischen Sportwagen mit offenem Verdeck. Er beugte sich hinein und hob eine Kiste heraus.
»Wo darf ich die Kassetten hinstellen?« fragte er.

»Stellen Sie das Zeug mal draußen ab. Ich muß die Dinger ja irgendwie gut sichtbar aufstellen.«
»Sehr gut!« Der Videohändler klopfte die Hände ab.
»Wenn Sie dann hier bitte quittieren würden.«
Frau Scheringer nahm ihm das Formular aus der Hand und studierte es sorgfältig. Schließlich unterschrieb sie.
»Ich komme dann alle vierzehn Tage bei Ihnen vorbei«, sagte Kühne abschließend. »Schönen Tag noch und gute Geschäfte!«
Er schwang sich in seinen Wagen, ohne die Tür zu öffnen.
Pepper startete drüben seinen Motor, und als Kühne davonfuhr, folgte ihm der Detektiv.
Der Videohändler suchte noch elf Kioske in der Stadt auf, ehe er das Zentrum verließ und über die Stadtautobahn nach Süden fuhr. Pepper hatte keine Mühe, ihm zu folgen, denn Kühne fuhr gemächlich. Offensichtlich genoß er die Sonne und den frischen Fahrtwind. Sein Wagen fuhr am Stadion vorbei und bog nach weiteren zwei Kilometern nach links in eine Straße ein, von der Pepper wußte, daß sie in ein kleines Industriegebiet führte. Hier waren nicht die großen Fabriken und Versandhäuser, sondern vielmehr mittelständische Betriebe – Handwerker –, kleine Spezialgeschäfte und ein paar technische Betriebe, die als Zulieferer für größere Unternehmen arbeiteten.
Kühnes Wagen hielt vor einem U-förmigen Flachdachbau. Über dem mittleren Teil des Gebäudes prangte ein Schild mit der Aufschrift:

TAG UND NACHT
TV-SERVICE RUND UM DIE UHR
TEL.: 778877

Pepper fuhr vorbei und hielt fünfzig Meter weiter vor einer Großbäckerei. Er stieg aus und zündete sich seine Pfeife an. Nachdenklich musterte er das U-förmige Gebäude.

Warum sollte ein solches Unternehmen nicht mit Videokassetten handeln? Das ist nicht verboten. Es ist lediglich strafbar, Raubkopien herzustellen, ihr Vertrieb aber kann polizeilich nicht verfolgt werden.
Pepper brachten diese Überlegungen nicht weiter.
Trotzdem war er nicht unzufrieden. Er hatte das Gefühl, daß er das Ende eines Fadens in den Händen hielt – eines Fadens, der ihn entscheidend weiterführen konnte, wenn er ihm folgte und dafür sorgte, daß er ihn nicht verlor.
Paul Pepper fuhr in die Stadt zurück. Die Brunnenallee war eine breite, leicht abschüssige Straße, die rechts und links von langen Pappelreihen flankiert war. Hinter den Pappeln verliefen breite Gehsteige entlang einer Häuserzeile, die fast nur aus Läden, Cafés und Kneipen bestand.
Das Haus Nummer 50 war ein schmales, spitzgiebeliges Gebäude mit einer nachgemachten Fachwerkfassade. Pepper trat in die Videothek ein.
»Guten Tag, was kann ich für Sie tun?« Die Verkäuferin, die jetzt dicht vor ihm stand, hatte einen hohen, blonden Turm aus Haaren auf dem Kopf, lange, falsche Wimpern, die Pepper an Markisen erinnerten, und einen knallrot geschminkten Mund.
»Tja«, sagte Pepper gedehnt. »Ich glaube, ich bin in den falschen Laden geraten.«
»Ach ja, warum denn? Es steht doch deutlich dran, nicht wahr, daß dies hier eine Videothek ist.«
»Ja, schon, aber ich hab' gemeint, daß das was mit Fernsehen zu tun hat«, Pepper grinste verlegen. »Wissen Sie, mein Apparat ist nämlich kaputt.«
Ein Mann in einem dunklen Anzug kam hinter einem Regal hervor und musterte Pepper eindringlich. »Ich kenne Sie«, sagte er dann plötzlich.
»Aber ich kenne Sie nicht!«
»Ihr Bild war in der Zeitung!«

»Ach ja, kann schon sein, aber das hat nichts mit meinem kaputten Fernseher zu tun.«
Pepper hatte sich damals furchtbar geärgert, als die Zeitungen großartig über seinen Fahndungserfolg im Fall der Zenker-Millionen* berichtet hatten.
»Sie sind Detektiv, nicht wahr?« rief der Mann im dunklen Anzug triumphierend.
»Gewesen!« gab Pepper trocken zurück.
»Ach ja?«
»Ja. Bin pensioniert. Deshalb kann ich auch auf meinen Fernseher nicht verzichten. Was soll ich denn sonst den ganzen Tag machen?«
Der Mann lachte ein wenig gezwungen. »Rufen Sie die Nummer 778877 an – leicht zu merken, nicht wahr?«
»Und wer meldet sich da?«
»Die Firma TAG UND NACHT – TV-SERVICE RUND UM DIE UHR.«
»Oh, vielen Dank!«
Pepper ging zur Tür und drehte sich noch einmal um: »Sie können mir diese Firma ... äh ... TAG UND NACHT ... wirklich empfehlen?«
»Aber ja, wir arbeiten eng mit ihr zusammen.«
Pepper nickte und verließ den Laden. Das mußte alles nichts bedeuten, aber es konnte etwas bedeuten. Zufrieden stieg er in sein Auto und fuhr davon.

Pit hatte eigentlich nicht vorgehabt, zum Training zu gehen. Er war ein äußerst begabter Boxer; jedenfalls behaupteten das alle im Verein. Deshalb drängten sie ihn auch fortwährend, in die Mannschaft einzutreten. Vor allem Bomber, der Trainer, setzte Pit mächtig zu. »Was soll denn das«, sagte er immer wieder,

* Siehe *Paul Pepper und die Brandstifter*, Franckh Verlag, Stuttgart

»ein Talent wie du muß in den Wettkampf. Ein Trainingsweltmeister ist nichts wert.«
Pit war seinerseits im Rahmen einer Ermittlung zu dem Boxverein* gekommen. Und schon bald hatte es sich gezeigt, daß er in seiner Gewichtsklasse von keinem geschlagen werden konnte.
Je mehr ihn die anderen bedrängten, um so seltener erschien er zum Training. Heute war er nur gekommen, um dem jungen Boxer auf den Zahn zu fühlen, der schon seit Wochen mit billigen Videos hausieren ging. Er hieß Uli Kutz und war ein untersetzter, kraftstrotzender Junge von siebzehn Jahren, der mehr durch seine Kraft als durch seine boxerischen Fähigkeiten auffiel. Kutz boxte eine Gewichtsklasse höher als Pit.
Die Halle war nur schwach besucht, als Pit eintrat. Er hatte seine Boxhandschuhe lässig über die Schulter geworfen und schlenderte an den Übungsgeräten entlang. Uli Kutz arbeitete an einem Sandsack. Jedesmal wenn er eine Faust landete, gab es einen dumpfen, klatschenden Ton.
Pit blieb neben Uli Kutz stehen. »Na, wie läuft's?« fragte er beiläufig.
Uli schaute auf. Schweiß perlte von seiner Stirn. Er atmete schwer.
»Ganz schön fad, diese Trainingseinheiten.«
»Hat dich Bomber dazu verdonnert?«
»Mir fehlt eben ein Sparringspartner«, entgegnete Uli Kutz.
»Wenn's weiter nichts ist.«
Kutz sah Pit unter seinen buschigen Augenbrauen hervor überrascht an. »Ist das dein Ernst? Würdest du ein paar Runden gegen mich gehen?«
»Klar!«
»Mensch, klasse!«

---

* Siehe *Paul Pepper und der stumme Zeuge,* Franckh Verlag, Stuttgart

»Ich zieh' mich gleich um!«
Kutz folgte Pit in den Umkleideraum im Keller und setzte sich mit weit abgespreizten Beinen auf die Bank, die an der Wand entlanglief.
»Du hast noch nie mit mir geboxt«, sagte Kutz.
»Na, und?«
»Du willst doch was!«
Pit sah auf und grinste. »Bist ein heller Kopf, Kutz.«
»Also, sag schon!«
Pit streifte die Boxhandschuhe über und streckte Uli die Fäuste entgegen. »Kannst du die mal zubinden?«
Kutz machte die Handschuhe fachmännisch fest. »Nun sag schon, was du willst!«
»Du handelst doch mit Videos.«
»Nur so nebenbei, man muß sehen, wie man zu was kommt.«
»Eben!« sagte Pit nachdrücklich.
Uli Kutz schaute Pit in die Augen. »Ach so, daher weht der Wind!«
Pit nickte. »Wenn's eine Möglichkeit gäbe...«
»Das Geschäft trägt keine zwei!«
»Ich will ja nicht hier verkaufen.«
»Sondern?«
»In der Schule, bei Bekannten, im Kanuklub – da bin ich nämlich öfter als hier. Ich würde schon Kunden finden ohne dir in die Quere zu kommen.«
Uli Kutz hatte sich erhoben und tänzelte hin und her; dabei übte er sich im Schattenboxen. Sehr elegant sah das bei ihm nicht aus. Schließlich blieb er stehen und sagte: »Wenn du gegen mich gewinnst...«
»Was dann?«
»Red' ich mit meinem Lieferanten.«
Sie kehrten in die Halle zurück. Pit sagte: »Gegen dich gewinnen? Mann, du bist eine Gewichtsklasse über mir, hast die grö-

ßere Reichweite, mehr Kraft und bist austrainiert. Ich hab' doch überhaupt keine Chance gegen dich.«
»Bomber sagt, du bist der beste Boxer im Verein.«
»Ach, Bomber! Der hat einen Narren an mir gefressen, weiß der Himmel warum.«
Uli Kutz ging zu der schmalen Tür, die in Bombers kleines Büro führte, und steckte den Kopf hinein.
»Können wir in den Ring?« fragte er.
»Wer, wir?« tönte es von innen.
»Pit Küster und ich.«
»Sag bloß, der Drückeberger ist auch mal wieder da!« Bombers Stimme war in der ganzen Halle zu hören.
Bomber erschien in der Tür – groß, breit, muskulös, eine imponierende Erscheinung. Vor fünfzehn Jahren war er einmal Halbschwergewichtsmeister gewesen.
»Na, du Deserteur«, rief er.
»Ich hab' schon immer gesagt, daß ich lieber Kanu fahre«, antwortete Pit grinsend.
»Na, dann laß mal sehen, was du alles verlernt hast. Ich mach' den Ringrichter. Wie viele Runden habt ihr ausgemacht?«
»Fünf«, antwortete Uli Kutz.
»Aber nicht ohne Kopfschutz!« Bomber ging in sein Büro zurück, um für beide einen Kopfschutz zu holen.
In der Halle hatte sich schnell herumgesprochen was bevorstand. Die jungen Boxer drängten sich um den Ring, als die beiden Kontrahenten durch die Seile kletterten. Und schon hatten sich zwei Lager gebildet. Wetten wurden abgeschlossen. Plötzlich herrschte eine Atmosphäre wie bei einem echten Wettkampf.
Pit nahm sich vor, die Auseinandersetzung vorsichtig anzugehen. Seine Kondition war bestimmt nicht so gut wie die von Uli Kutz. Andererseits war sein Gegner nicht sehr gewandt. Im Verein hatte er den Spitznamen ›Kutz, der Klotz‹, weil seine

Beinarbeit nicht gut war. Meistens stand er unbeweglich im Ring. Aber seine Schläge waren gefürchtet, weil eine ungeheure Kraft dahintersteckte.
Bis zur vierten Runde blieb Pit in der Reserve. Die Zuschauer pfiffen und johlten, bis Bomber während einer Unterbrechung des Kampfes an die Ringseile trat und schrie:
»Nun haltet mal die Luft an und guckt genau hin! Hier könnt ihr nämlich eine Menge über Taktik lernen, ihr Hornochsen!«
Dann drehte er sich wieder den Kämpfern zu und befahl: »Boxen!«
Pit schien die Aufforderung des Ringrichters wörtlich zu nehmen. Plötzlich stach seine linke Gerade zweimal blitzschnell heraus und durchbrach Ulis Deckung. Beide Schläge landeten am Körper des schweren Jungen, der unwillkürlich seine Dekkung senkte. Pits Rechte traf exakt Ulis Kinnspitze, die den Bruchteil einer Sekunde lang ungedeckt war. Kutz taumelte zurück und fiel mit den Schulterblättern gegen das oberste Seil.
»Nachsetzen!« brüllten ein paar der Zuschauer.
Doch Pit wartete, bis sich sein Gegner wieder erholt hatte.
Bomber schüttelte unmerklich den Kopf. »So doch nicht!« sagte er leise zu sich selber, »der Kerl hat keinen Killerinstinkt.«
Uli Kutz löste sich von den Seilen. Er kam schwerfällig auf Pit zu. Ein Hagel von Schlägen prasselte auf Pit nieder, aber er prallte wirkungslos von den Fäusten des kleineren Boxers ab. Pit stand eine kurze Weile ganz ruhig da, dann wich er plötzlich mit zwei, drei eleganten Seitenschritten nach links aus. Ulis Fäuste schlugen ins Leere. Pit duckte sich und schlug zwei schnelle Doubletten an Ulis Kopf. Der untersetzte Junge wankte und machte ein paar unsichere Schritte zur Seite. Diesmal setzte Pit nach und landete noch zwei Schläge am Körper seines Gegners. Bomber ging resolut dazwischen und schob die Gegner mit seinen riesigen Pranken auseinander.

»Acht – neun – aus – Schluß!« sagte der Ringrichter, »wir wollen nichts riskieren.«
Die beiden Boxer ließen die Fäuste sinken, gingen aufeinander zu und umarmten sich kurz.
»Gratuliere«, stieß Uli Kutz atemlos hervor.
»Danke!« Auch Pit hatte Mühe zu sprechen. Der Kampf hatte ihm alles abverlangt.
Bomber warf ihm ein Handtuch zu. »Das könnte ein neuer Anfang sein, Pit!« sagte er.
Pit antwortete nicht. Einer von den Zuschauern rief: »Der Küster boxt gut, aber nicht gerne.«
Am liebsten hätte Pit zurückgerufen: »Genauso ist es!«
Aber er verkniff sich die Antwort und stieg mit leicht zitternden Knien durch die Seile.
Unter der Dusche trafen sich die beiden Kontrahenten wieder.
»Ich bin einfach zu langsam«, sagte Uli Kutz, noch immer nach Atem ringend.
»Kann noch kommen«, gab Pit zurück. »Was ist jetzt mit deinem Versprechen?«
»Versprochen ist versprochen«, sagte Uli Kutz.
»Wann?« fragte Pit einsilbig.
»Morgen abend um sechs Uhr. Wir können uns am Hauptbahnhof treffen. Bei der Frittenbude.«
»Gemacht!« Pit drehte die Dusche ab und schüttelte sich, daß die Tropfen nur so wegspritzten.

Ein unheimlicher Besuch

Pit war pünktlich am nächsten Tag. Punkt achtzehn Uhr stand er vor der Frittenbude. Der Geruch des viel zu oft verwendeten Öls stieg ihm unangenehm in die Nase. Wenn er Hunger gehabt hätte, wäre er ihm spätestens jetzt vergangen.
Uli Kutz kam zehn Minuten später. Er wirkte abgehetzt und entschuldigte sich: »Das ist sonst nicht meine Art, aber mein Chef wollte mich nicht weglassen, obwohl ich eigentlich um fünf Uhr Feierabend habe.«
Pit hatte sich keine Gedanken darüber gemacht, was Uli außer Boxen noch machte. Er war davon ausgegangen, daß der andere ebenfalls noch in die Schule ging.
»Wo arbeitest du denn?«
»Auf dem Bau. Ich werde Maurer.« Als Beweis für seine Behauptung streckte Uli Kutz seine Hände vor, die rissig und voller Schwielen und mit Mörtelspritzern gesprenkelt waren.
»Alle Achtung«, sagte Pit unwillkürlich.
»Natürlich mach' ich später die Meisterprüfung«, fügte Uli noch schnell hinzu, »und vielleicht mach' ich mich sogar mal selbständig.«
Pit nickte nur.
»Na dann«, sagte Uli, »gehen wir!«
»Weiß dein Lieferant, daß du jemand mitbringst?«
»Ja, ich habe ihn angerufen.«
Sie gingen ein paar hundert Meter die Bahnhofstraße hinauf und bogen dann in die Hauptmannstraße ein. Hier gab es vor allem kleine, gediegene Geschäfte. Vor einem Elektrogeschäft blieb Uli Kutz stehen. »Da sind wir.«
Die Ladentür war schon geschlossen, aber Uli kannte den Weg zur Hintertür. Er zog an einer altmodischen Klingelschnur. Im Haus schlug eine Glocke an. Kurz darauf öffnete sich die Tür. Auf der Schwelle stand ein kleiner, dicker Mann. Er hatte ein

rundes Gesicht und ungewöhnlich wulstige Lippen. Die Augen standen weit hervor und wurden durch dicke Brillengläser unnatürlich vergrößert.

»Da seid ihr ja«, sagte er, »kommt rein!«

Sie folgten dem Mann eine Kellertreppe hinab und kamen in einen geräumigen Raum, an dessen Wänden deckenhohe Regale standen – bis oben mit Videokassetten gefüllt.

Pit ging am ersten Regal vorbei und las die Titel der Filme – fast ausnahmslos berühmte Streifen: ›Zwölf Uhr mittags‹, ›Casablanca‹, ›Der dritte Mann‹, ‹Rififi‹, ›Das Boot‹, ›Amadeus‹, ›Die unendliche Geschichte‹.

»Mann, lauter Topfilme!« entfuhr es Pit.

Der kleine, dicke Mann lachte selbstgefällig.

»Schund kommt mir nicht in den Laden!«

Das nächste Regal enthielt ausschließlich aktuelle Filme, die gerade in den Kinos liefen und ganz große Erfolge waren.

»Daß es die schon auf Kassette gibt?« fragte Pit verwundert.

»Ja«, antwortete der Dicke, »alles, was gut, neu und auch teuer ist, bekommt man nur bei Otto Rist.«

Auf diese Art hatte Pit auch gleich den Namen seines Gastgebers erfahren. Vorsichtig fragte der Junge: »Sie haben Ihr eigenes Vertriebssystem?«

»Genau, junger Mann. Bei mir fällt die Gewinnspanne der Zwischenhändler weg. Deshalb bin ich billiger als alle anderen. Ich vertreibe nur mit eigenen Leuten.«

Pit sah sich um.

Rist lachte. »Die sind jetzt alle auf Achse. Wir haben feste Ausgabezeiten. Die kannst du dir gleich merken, wenn du bei uns mitmachen willst.«

»Natürlich will ich.«

»Gut. Dann paß mal gut auf, Küster…«

Offensichtlich hatte Uli Pits Namen bereits angegeben.

»Also, paß auf: Du bekommst als erstes eine Liste aller verfügbaren Titel. Diese wird alle vierzehn Tage aktualisiert. Du bekommst also alle zwei Wochen eine neue Liste. Außerdem gebe ich dir einen Koffer mit dreißig Kassetten. Die versuchst du zu verkaufen. Gleichzeitig kannst du anhand der Liste Bestellungen aufnehmen, die wir dann von hier aus erledigen. Jede verkaufte Kassette bringt dir sechs Mark, jede Bestellung drei Mark. Grundsätzlich gilt, daß keiner im Revier des anderen wildert. Wenn ich einen dabei erwische, fliegt er gnadenlos raus. Verstanden?«

»Verstanden!«

»Und wer in den ersten vierzehn Tagen weniger als zehn Kassetten an den Mann bringt, wird ausgemustert.«

»Verstehe.«

»Und noch etwas«, Rist hob seinen kurzen, fleischigen Zeigefinger, »bei mir ist alles legal, alles rechtmäßig. Keine krummen Touren. Ich kaufe und verkaufe. Ob bei denen, die mich beliefern, alles nach Recht und Gesetz abläuft, kann mir wurscht sein.«

Pit nickte.

»Nun, wie sieht's aus?«

»Haben Sie auch Sex- und Horrorkassetten?« fragte Pit. »Ich habe gehört, die verkaufen sich am besten.«

Rist kicherte. »So, so, hast du gehört. Dann schreib dir den zweiten wichtigen Spruch hinter die Ohren: Bei Otto Rist gibt's keinen Mist!«

Pit lachte pflichtschuldig.

»Gut«, sagte Rist, als ob er Pit dafür loben wollte, »dann wollen wir dir mal einen Musterkoffer aushändigen.«

»Machen wir nicht so was wie einen Vertrag?« fragte Pit.

Wieder lachte Rist. Dieser Mann mußte wirklich ein heiteres Gemüt haben.

»Spruch Nummer drei«, verkündete er, »ein Handschlag unter Männern ist wie ein Vertrag bei Otto Rist.« Dabei streckte er

Pit seine kleine, dicke Hand hin. Pit schlug kräftig ein. Rist zuckte zurück und lachte gleich wieder: »Ich habe völlig vergessen, daß du auch Boxer bist.«
Uli Kutz hatte die ganze Zeit nichts gesprochen. Als sie wieder auf der Straße standen, zog er wortlos einen Fünfzigmarkschein aus seiner Jackentasche und reichte ihn Pit.
»Was soll denn das?« fragte Pit.
»Ich krieg' hundert Mark für jeden neuen Verkäufer. Den Boxkampf hättest du dir sparen können.«
»Aber warum dann das ganze Theater?«
»Ich wollte schon lange mal gegen dich boxen. Bomber hat immer rumgetönt, du seist mit Abstand der beste – na ja, stimmt vielleicht auch.«
Sie gingen noch ins Jugendhaus, um den Handschlag-Vertrag zu feiern. Pit fühlte sich nicht ganz wohl in seiner Haut. Denn je näher er Uli Kutz kennenlernte, um so besser gefiel er ihm. Am liebsten hätte er ihm gesagt, warum er dieses Spiel überhaupt spielte. Aber er hielt sich dann doch zurück. Pit war ein umsichtiger Junge. Das hatte Zeit, sagte er sich.
Nachdem sich Pit von Uli verabschiedet hatte, fuhr er mit der Straßenbahn ins Estenfeld, um Paul Pepper zu berichten. Arnica, Jonny und Frau Scheringer waren auch da.
»Wir sind bis jetzt noch nicht einmal bis in die äußersten Randbezirke vorgedrungen«, sagte Pepper, als Pit seinen Bericht beendet hatte. »Aber ich nehme an, daß hinter allem eine ausnehmend gut funktionierende Organisation steckt. Die Spinne im Netz. Und um an sie heranzukommen, braucht man Zeit und Geduld und eine Portion Geschick. Denn diese Spinne hat eine Menge Stolperfäden gezogen.«
»Hört mal, wie poetisch unser PP sein kann«, kicherte die Alte.
»Allerdings nur, wenn's um Kriminalfälle geht«, feixte Arnica.
Doch Pepper ließ sich nicht drausbringen. »Genauso, wie ich's geschildert habe, wird es sein.«

»Und wie soll's jetzt weitergehen?« fragte Frau Scheringer. Pepper antwortete nicht. Er malte mit einem dicken Filzstift auf einem Blatt Papier herum. Das machte er in letzter Zeit häufig, wenn er seine Gedanken ordnen wollte. Zum Schluß hatte er eine Raute gemalt.

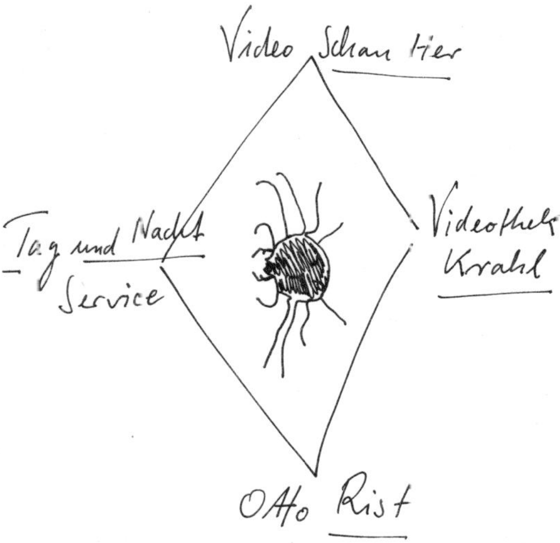

In die Mitte der Raute hatte er eine Spinne gezeichnet.
»Jetzt müßten wir noch wissen, wie die Fäden laufen und wer die Spinne ist«, sagte Pepper nachdenklich, als er das Blatt Papier herumzeigte.
»Spinne am Morgen bringt Kummer und Sorgen, Spinne am Abend erquickend und labend«, zitierte die Alte.
»Unsinn«, sagte Pepper grob. »Bei dem Spruch ist's nie um diese Krabbelviecher gegangen.«
»Sondern?« fragte Frau Scheringer.
»Um das Spinnen am Spinnrad. Wer schon frühmorgens spinnen, also hart arbeiten mußte, war arm dran, hatte meist Kum-

mer und Sorgen. Aber wer sich erst abends – nur zum Vergnügen – an sein Spinnrad setzte, dem ging's eben gut.«
»Klingt eigentlich ganz einleuchtend«, sagte die Alte.

Etwa zur gleichen Zeit lag Herr Bergemaier allein in seinem Krankenzimmer. Die Nachttischlampe war an, und aus dem Radio klang klassische Musik. Doch er bekam nicht viel davon mit, denn die Schwester hatte ihm ein Beruhigungsmittel gegeben, nach dem er sich wohlig, müde und entspannt fühlte.
Deshalb merkte er auch gar nicht, wie sich die Tür öffnete, ein glänzender, schwarzer Handschuh im Türspalt erschien und leise Tritte sich seinem Bett näherten.
»Guten Abend, Herr Bergemaier«, sagte eine Baßstimme.
Bergemaiers Augenlider flatterten, aber er öffnete sie nicht.
»Können Sie mich hören?« Die Stimme klang sehr sanft.
»Wer sind Sie?« fragte Herr Bergemaier leise.
Der Reporter öffnete die Augen. Im selben Moment drückte die Hand mit dem schwarzen Glacéhandschuh auf den Knopf der Nachttischlampe. – Das Zimmer war dunkel.
»Was soll denn das?« Bergemaier kämpfte gegen die Müdigkeit in seinem Kopf und gegen die Mattigkeit in seinen Gliedern an.
»Was wissen Sie über die Videothek? Wo kommen die Filme her?«
»Keine Ahnung. Weiß nur, daß es lauter Schund ist.«
»Die Filme«, die Stimme bekam jetzt einen beschwörenden Klang. »Die Filme, die Raubkopien ... woher?«
»Was für Raubkopien?«
»Ich denke, Sie haben das ermittelt?«
»Nein, nur wer was vertreibt.« Herr Bergemaier kam allmählich zu sich. Seine rechte Hand tastete nach dem Lichtknopf, aber da packte der Besucher Bergemaiers Handgelenk.
»Das lassen wir lieber«, sagte die sanfte Stimme.

»Hören Sie«, Herr Bergemaier sprach jetzt klarer, »wer Sie auch immer sein mögen, ich habe nichts über Raubkopierer recherchiert. Aber wenn ich wieder gesund bin, werd' ich's vielleicht nachholen.«
»Lassen Sie's!«
»Warum?«
»Weil Sie sonst vielleicht nie mehr gesund werden.«
»Sie drohen mir?«
»Ja.« Die Hand ließ Bergemaiers Arm los und stieß die Lampe vom Nachttisch. Leise Tritte, dann fiel ein Lichtschatten durch die Tür, die sich Sekunden später geräuschlos schloß. Herr Bergemaier langte nach dem Klingelknopf, mit dem man die Nachtschwester rief. Als sie kam, starrte sie entsetzt auf die zerbrochene Lampe, die am Boden lag.
»Ein Versehen«, sagte Bergemaier und versuchte, entschuldigend zu lächeln, »ich war ein bißchen ungeschickt.«
»Sie müßten eigentlich schlafen, nach der Dosis, die Sie bekommen haben«, meinte die Schwester.
»Ach ja, ich hab' eine Bitte«, entgegnete der Journalist, »geben Sie mir abends bitte nie mehr ein solches Betäubungsmittel.«
»Aber...«
»Kein Aber. Und jetzt möchte ich Sie bitten, mir ein Telefon zu bringen, ein Anschluß ist ja da, wie ich sehe.«
Die Schwester sah ganz unglücklich drein. »Der Herr Doktor hat aber angeordnet...«
»Wenn's nicht wichtig wäre, hätte ich nicht darum gebeten...«
Herr Bergemaier hatte manchmal eine Art, etwas zu sagen, daß kein Widerspruch möglich war.
Die Schwester ging und kam mit einem Telefon wieder. Außerdem hatte sie eine neue Lampe unter den Arm geklemmt. Sie schloß die Leuchte an und kehrte die Scherben zusammen. Dann hörte sie mit weit offenem Mund zu, was Bergemaier am Telefon einem gewissen Paul Pepper mitzuteilen hatte.

Die Spur zur Spinne

Paul Pepper beschloß nach Herrn Bergemaiers Anruf, einen Besuch bei der Polizei zu machen. Er war früher selber einmal bei der Polizei gewesen, nachdem er siebzehn Jahre lang auf verschiedenen Forschungsschiffen auf allen sieben Meeren unterwegs gewesen war. Dann hatte er sich einer Spezialausbildung unterzogen und war Polizist geworden – ein ganz bekannter sogar; denn mit seinen ungewöhnlichen Methoden hatte er auch ungewöhnliche Erfolge erzielt. Und sich natürlich auch Feinde geschaffen. Einer davon war damals Oberinspektor Rübenach gewesen, den Freund und Feind nur ›Rübezahl‹ nannten. Inzwischen hatte Rübenach Karriere gemacht: erst Kommissar, dann Oberkommissar und schließlich Kriminalhauptkommissar. Nach seinem letzten großen Erfolg*, an dem Pepper, wie so oft, einen wesentlichen Anteil hatte, war er sogar zum Kriminalrat befördert worden. Allerdings bestand er im Dienst darauf, daß man ihn auch weiterhin mit ›Kommissar‹ anredete.

»Schließlich mach' ich ja auch die Drecksarbeit eines Kommissars«, pflegte er zu sagen.

Zwischen Rübenach und Pepper herrschte ein Verhältnis, das man am besten wohl mit ›Haßliebe‹ umschreibt. Im Grunde schätzten sie sich gegenseitig, sie mochten sich auch, aber sobald sie am selben Fall arbeiteten, wurden beide giftig und unverträglich zueinander. War der Fall dann abgeschlossen, bot Rübenach seinem alten Freundfeind Pepper manchmal das ›Du‹ an, was dieser mit schöner Regelmäßigkeit ablehnte.

»Ach du liebe Zeit, Sie haben mir gerade noch gefehlt!« So empfing Rübenach den Detektiv. »Wenn der Tag schon mit Ihnen anfängt!«

---

* Siehe *Paul Pepper und der Brandstifter,* Franckh Verlag, Stuttgart

Pepper grinste. »Ich sehe, es geht Ihnen prächtig. Sie haben schlechte Laune.«
Der Detektiv ließ sich unaufgefordert auf dem altersschwachen, häßlich gelben Bürostuhl nieder.
Rübenach legte seine Füße auf den Schreibtisch und schob sich eine kalte, halb gerauchte Zigarre zwischen die Zähne, die wie ein Besen aussah.
»Also?« herrschte er Pepper an.
»Bergemaier ist brutal niedergeschlagen worden.«
»Wo, wann, von wem?«
»Im Hof des Redaktionsgebäudes, genauer gesagt auf dem Parkplatz. Am Montag abend kurz vor Mitternacht. Von wem weiß ich nicht, aber er arbeitete an einem Bericht über den Vertrieb von Videokassetten.«
Rübenach war kein guter Schauspieler. Deshalb konnte er sein sofort aufflammendes Interesse auch nicht verbergen. Pepper registrierte es mit einem leisen Lächeln.
»Das Thema ist interessant«, sagte Rübenach betont beiläufig.
»Irgendwer will verhindern, daß Bergemaier berichtet, was er gar nicht recherchiert hat!«
»Hä?« machte Rübenach. »Ach so, Sie wollen damit sagen, daß die annehmen, daß Bergemaier etwas rausgekriegt hat, was er gar nicht rausgekriegt hat?«
»Genau!«
Erst jetzt zündete Rübenach seine Zigarre an.
»Scheußlich«, sagte er grinsend, »wenn man für etwas Prügel bezieht, was man gar nicht getan hat.«
»Bergemaier liegt schwerverletzt im Krankenhaus!«
Rübenach setzte sich auf und schwang seine Füße vom Tisch, worauf ein hoher Aktenstapel zusammenrutschte.
»Und wo ist die Anzeige?«
»Beim Polizeirevier 6. Es ist zuständig für den Bezirk, in dem sich der ›Tagesanzeiger‹ befindet.«

»In diesem Haus hier weiß die Linke wirklich nie, was die Rechte macht«, schimpfte Rübenach, »aber wem sag' ich das, Sie waren ja lange genug bei uns.«
»Genau«, sagte Pepper.
»Also, was wollen Sie von mir?«
»Ich möchte wissen, ob es Erkenntnisse über Raubkopierer gibt.«
»Wenig.«
»Mich interessiert auch das Wenige.«
»Na gut, ich lass' die Akte kommen.«
Rübenach wählte eine Nummer und bellte ins Telefon: »Akte Video-Raubpressungen.«
Er legte auf, ohne seinen Namen zu nennen oder auch nur ›bitte‹ zu sagen.
Pepper wunderte sich über das Entgegenkommen des frischgebackenen Kriminalrats.
Ein uniformierter Beamter brachte einen dünnen Aktenordner. Rübenach schlug ihn auf.
»Da steht nicht mehr, als daß Schäden in Millionenhöhe entstehen. Wir haben bislang weder eine Werkstatt noch einen Filmlieferanten gefunden. Alles, was wir haben, sind Vermutungen.« Er warf den offenen Ordner auf den Tisch und löste damit einen erneuten Erdrutsch bei den Aktenbergen aus.
Pepper griff nach dem Ordner und überflog die wenigen Blätter, die eingeheftet waren. Rübenach beobachtete ihn scheinbar teilnahmslos.
»Kann ich eine Fotokopie von der Liste der kopierten Filme haben?«
Rübenach zuckte die Achseln und rief übers Telefon einen Assistenten herbei, um die Kopie in Auftrag zu geben.
Pepper sah Rübenach an. »Warum sind Sie denn auf einmal so hilfsbereit?«
»Das will ich Ihnen genau sagen, Pepper. Das gleiche, was Sie

jetzt vorhaben, hätte ich auch längst unternommen, wenn ich die Leute dafür hätte.«

»Und was habe ich vor?«

»Es ist nicht schwierig, nur sehr zeitaufwendig, zu ermitteln, wo all diese Filme wann gelaufen sind und die Aufführungstermine mit den Erscheinungsdaten der Raubkopien zu vergleichen.«

Rübenach kaute auf seiner Zigarre herum und spuckte ein paar Tabakkrümel auf den Boden. »Und genau das haben Sie vor, Pepper.« Rübenach deutete mit seinem Zigarrenbesen auf Pepper. »Genau das!«

»Und Sie sitzen wie die Spinne im Netz und warten, bis ich die Arbeit getan habe!«

»Sie und die Alte und Bergemaier und diese verdammten drei jungen Gören!«

Der Assistent brachte die Fotokopie. Pepper nahm sie dankend entgegen. Dann sagte er unvermittelt: »Was sagt Ihnen das, Herr Kriminalrat – ein Mann mit einer sanften Baßstimme, einem sehr dezenten Auftreten und schwarzen Glacéhandschuhen?«

»Merdinger!« kam es wie aus der Pistole geschossen.

Pepper versuchte, seine Erregung zu unterdrücken.

»Und wer ist Merdinger?« fragte er, ohne allzuviel Interesse zu zeigen.

»Die rechte Hand von Breisach.«

»Sie meinen den ehemaligen Rechts- und Steueranwalt, hinter dem die Zoll- und Steuerbehörden seit Jahren her sind?«

»Nicht nur die. Auch unser Dezernat ›Wirtschaftsverbrechen‹. Wir wissen genau, daß Breisach mit Waffen handelt, dafür auch schon mal Kokain oder Heroin in Zahlung nimmt und seine Finger ganz dick im Rauschgiftgeschäft hat. Und nicht nur da. Aber wir können ihm nichts beweisen. »Null!« Rübenachs Faust knallte auf die Tischplatte. »Null!« Noch ein Faustschlag.

»Klingt ja, als ob dieser Breisach Ihr Erzfeind wäre.«

»Wenn Sie mir den ans Messer liefern, Pepper, haben Sie drei Wünsche bei mir frei. Und zwar jedes Jahr. Bis zu meiner Pensionierung.«
Pepper rechnete. »Das wären immerhin neununddreißig Wünsche!«
Rübenach warf die Zigarre in den Papierkorb. Pepper kannte diese schlechte Angewohnheit. Mindestens einmal in der Woche fing das Papier im Korb Feuer. Dann sah man Rübenach mit dem lodernden Papierkorb den Korridor zur Toilette hinunterrennen, wo er den Brand löschte.
»Was ist mit Merdinger?« fragte der Kriminalrat.
»Er hat Bergemaier bedroht.«
»Wenn das so ist, stellen wir sofort eine Wache vor sein Krankenzimmer.«
»Halten Sie denn den Kerl für so gefährlich?«
»Ja.«
Pepper erhob sich. »Wann legen Sie sich eigentlich mal einen neuen Besucherstuhl zu?«
»Überhaupt nicht! Meinen Sie, ich will, daß sich hier einer wohl fühlt?«
Pepper mußte unwillkürlich lachen.
Sie gaben sich die Hand, was selten genug geschah. Pepper ging zur Tür.
»Wer ist eigentlich Ihr Auftraggeber?« fragte Rübenach.
»Niemand. Ich mach' das nur wegen Herrn Bergemaier.«
»Das sieht Ihnen ähnlich«, sagte Rübenach und machte sich über seine Akten her.

Die nächsten drei Tage waren mit mühsamer Kleinarbeit ausgefüllt. Pepper, Pit, Jonny, Arnica und die Alte verglichen Filme, Aufführungstermine und die Ersterscheinungsdaten der Raubkopien. Der Fußboden in Peppers Salonwagen war mit Millimeterpapier ausgelegt. Das Telefon stand nicht still. Alle

arbeiteten in jeder freien Minute. Nur Pit war seltener als die anderen dabei; denn er versuchte, möglichst viele Kassetten zu verkaufen, bis ihm Pepper sechshundert Mark in die Hand drückte und sagte: »Verkauf den Rest an mich.«
»Aber Sie haben ja gar keinen Video-Recorder!«
»Ist doch egal. Es ist eine Investition. Mir ist es wichtiger, wenn du hier mitarbeiten kannst. Und schließlich hat mir der letzte Fall ja auch ein paar Mark eingebracht.«
Pit stimmte nur widerwillig zu.
Von jetzt an ging es schneller vorwärts. Pit war der einzige, der in der Lage war, sich einen klaren Überblick zu verschaffen und die vielen Zahlen, Daten und Titel in eine vernünftige Beziehung zueinander zu bringen.
Am dritten Abend erhob er sich vom Fußboden, dehnte und streckte seinen schlaksigen Körper und sagte: »Das wär's also!«
Die anderen starrten ihn ungläubig an.
»Alle Filme, von denen Raubkopien existieren, liefen zu der Zeit, als sie kopiert wurden, hier im ›Rex-Kino‹ oder im ›Alhambra‹ in Führstadt oder im ›Kino-Center‹ in Unteralb.«
»Also in unserer Stadt oder in einer Stadt im Umkreis von fünfzig Kilometer«, sagte Pepper.
Pit nickte. »So ist es.«
»Bravo!« sagte die Alte.
»Das heißt, daß wir das ›Rex‹ überwachen müssen«, meinte Arnica, »rund um die Uhr.«
»Nicht nötig«, sagte Pit, »immer nur nach der letzten Vorstellung.«
»Ach ja?« Arnica sah ihn verständnislos an.
»Ja. Zum Kopieren brauchen die zwei Stunden. Das geht nicht zwischen zwei Vorstellungen. Also passiert es nachts.«
Arnica ärgerte sich ein bißchen, daß sie nicht selber darauf gekommen war.

»Muß doch toll sein, wenn man so gescheit ist wie du«, sagte sie spitz.
Pit grinste. »Mach dir nichts draus – du hast ja mich, wenn's für dich zu schwierig wird.«
Jetzt war Arnica vollends eingeschnappt.
Frau Scheringer lachte: »Was sich liebt, das neckt sich.«
»Quatsch!« sagte Arnica grob.
Aber die Alte machte sich nichts draus. Es war zwar siebenundsechzig Jahre her, daß sie so alt gewesen war wie Arnica, aber sie erinnerte sich noch genau, wie sie selbst damals reagiert hatte. Sie ging nicht auf das Mädchen ein, sondern sagte nur: »Jetzt komme ich endlich mal wieder ins Kino.«

Am anderen Tag kam Frau Scheringer eine Idee. Sie hängte sich ans Telefon, rief das ›Rex-Kino‹ an und fragte nach dem Namen des Filmvorführers. Natürlich kam nicht nur der Vorführer als der Mann in Frage, der die Filme zu den Kopierern schaffte, aber bei ihm lag der Gedanke am nächsten.
Der Vorführer hieß Gerhard Gruler und wohnte in der Fischergasse 17.
Die Alte rief ein Taxi und schloß ihren Kiosk ab.
Das Ehepaar Gruler bewohnte ein kleines, schmuckes Einfamilienhaus mit einem kleinen, aber gepflegten Garten darum herum.
Als Frau Scheringer an der Tür klingelte, wurde ihr bewußt, daß sie keine Ahnung hatte, was sie sagen sollte, wenn ihr geöffnet wurde.
Die Tür ging auf. Eine Frau um die Fünfzig, die eine Kittelschürze trug und ihre Haare unter einem Kopftuch verbarg, stand vor ihr.
»Ja, bitte?« sagte die Frau.
»Frau Gruler?«
»Ja, aber ich kaufe nichts!«

»Ach, seh' ich so aus, als ob ich Ihnen etwas verkaufen wollte?«
»Eigentlich nicht.« Frau Gruler sah die Alte verwirrt an.
Frau Scheringer dachte fieberhaft nach. Was sollte sie bloß sagen. Sie schimpfte mit sich selber, weil sie einfach so auf eigene Faust losgezogen war.
»Aber was wollen Sie dann?« fragte Frau Gruler.
»Tja – eigentlich geht's mehr um Ihren Mann.«
»So?«
»Er ist doch Filmvorführer im ›Rex‹?«
»Ja.« Frau Gruler war nun sehr abweisend.
»Und er kommt manchmal erst lange nach der letzten Vorstellung heim?«
Frau Gruler starrte die Alte entsetzt an, griff dann schnell nach ihrem Arm und zerrte sie über die Türschwelle.
»So etwas bespricht man ja wohl besser im Haus.«
Frau Scheringer war etwas verblüfft über Frau Grulers Reaktion. Kaum war die Haustür ins Schloß gefallen, legte Frau Gruler los: »Also, was wissen Sie? Sie glauben ja gar nicht, wie mich das fertigmacht. Ich schlafe keine Nacht mehr. Die Sorgen fressen mich auf. Glauben Sie's mir!«
»Aber ja, aber ja«, unterbrach die Alte sie. »Niemand versteht das besser als ich. Aber warum hört er nicht damit auf, wenn er doch weiß, wie Sie darunter leiden?«
»Ich glaube, das läßt ihn kalt.«
»Sicher nicht«, sagte Frau Scheringer, »kein Mann würde wegen ein paar hundert Mark seine Frau so quälen.«
»Ein paar hundert Mark?« Frau Gruler schaute die Alte verständnislos an.
»Mehr bekommt er doch bestimmt nicht dafür?«
»Wofür?« fragte Frau Gruler nun sehr befremdet.
»Na, für die Filme, die er den Raubkopierern bringt.«
»Was?« Frau Gruler schien die Alte mit einem Mal für verrückt zu halten.

»Ja, darum geht's schließlich. Er bringt die Filme in die Kopierwerkstatt oder wie das heißt, damit Videobänder daraus gemacht werden.«
Frau Gruler begann zu lachen – zuerst nur ganz leise, glucksend, kichernd, dann immer lauter, bis sie sich schließlich krümmte vor Lachen. Nun war es an Frau Scheringer, sich zu wundern. Schließlich sagte sie sehr laut und sehr bestimmt: »Schluß jetzt!«
Das Lachen brach ab. »Entschuldigen Sie bitte«, sagte Frau Gruler, »aber ich hab' mir doch solche Sorgen gemacht.«
»Und jetzt?«
»Jetzt? Nicht mehr. Ich hab' doch immer gedacht, es geht um eine andere Frau. Ja, ich hab' gemeint, er will weg von mir, will sich scheiden lassen. Verstehen Sie? Sie wissen nicht, was es für mich bedeuten würde, plötzlich allein zu sein.«
»Natürlich weiß ich das«, sagte Frau Scheringer, »mein Mann ist vor elf Jahren gestorben.«
Es trat eine peinliche Pause ein. Die beiden Frauen standen noch immer im Flur. Schließlich sagte Frau Gruler: »Wollen Sie nicht reinkommen? Wir könnten ein Gläschen Likör miteinander trinken.«
Sie saßen noch zwei Stunden beisammen. Frau Gruler erzählte immer wieder aufs neue, welche Ängste sie ausgestanden hatte. Die Alte hörte mit großer Geduld zu. Aber als sie erfuhr, daß an diesem Tag ein neuer Film im ›Rex‹ anlief, unterbrach sie das Gespräch, um Pepper anzurufen und sich mit ihm zum Kino zu verabreden.
»Was läuft denn?« fragte Pepper.
»›Tommi und das Kind‹ – eine Kriminalkomödie«, antwortete die Alte.
»Ach ja, ich hab' die Kritik gelesen«, erwiderte der Detektiv, »muß ein ganz lustiger Film sein.«
Bevor sich Frau Scheringer von Frau Gruler verabschiedete,

bat sie die Gastgeberin, ihrem Mann vorerst nichts zu erzählen. Dann machte sie sich auf den Weg zum Rex-Filmtheater.
»Es ist schon eine Weile her, als ich das letzte Mal im Kino war«, sagte sie, als sie Pepper endlich im Foyer des Filmtheaters gefunden hatte. Der Detektiv hatte die Karten bereits gelöst. Der Film gefiel beiden.
Die Geschichte war gut ausgedacht und gespielt: Ein kleiner Handtaschendieb, den alle Tommi nannten, hatte sich darauf spezialisiert, aus abgestellten Autos Taschen und andere Wertgegenstände zu klauen. Er war ein absoluter Experte darin, Autos aufzubrechen. Einen Wagen klaute er freilich nie, weil er nämlich keinen Führerschein hatte.
Einmal schien es ihm eine Frau besonders leicht zu machen. Sie hielt mit einem sehr teuren Wagen vor einem Geschäft, ließ den Schlüssel stecken und die Tür offen und eilte rasch in den Laden. Für Tommi ein gefundenes Fressen. Er öffnete die Tür, beugte sich hinein, griff nach der sehr teuren Handtasche auf dem Beifahrersitz und ... in diesem Augenblick klopfte jemand auf der Beifahrerseite aufs Dach. Tommi kam aus seiner gebeugten Haltung hoch und schaute über das Wagendach hinweg in das Gesicht eines Polizisten, der sagte: ›Guter Mann, hier können Sie nicht stehenbleiben. Fahren Sie mal ganz schnell weg!‹
Was sollte Tommi machen? Auf keinen Fall durfte er auffallen. Also nickte er nur und stieg ein. Und das war dann sehr komisch, wie Tommi den Wagen aus der Lücke rangierte, wo er doch überhaupt nicht Auto fahren konnte. Es war ein reines Wunder, daß das Manöver ohne Blechschaden abging.
Er hatte es nur der Aufmerksamkeit der anderen Autofahrer zu verdanken, daß er mit seinen Fahrkünsten nicht das größte Verkehrschaos der Geschichte anrichtete.
Schweißgebadet und völlig entnervt erreichte er eine Ampel. Vor ihm hielt ein Lastwagen. Tommi verfehlte die Bremse und

rumste auf den Brummi hinten drauf. Zum Glück merkte der Fahrer des Lasters nichts.
Aber zu Tommis Entsetzen kam genau in diesem Augenblick ein kleines, vielleicht fünfjähriges Mädchen auf dem Rücksitz hoch, rieb sich die Augen und sagte: ›Sag mal, Onkel, was machst du denn mit unserem Auto?‹
Frau Scheringer stieß Pepper an und zischelte: »So wird aus einem kleinen Taschendieb erst ein Autodieb und dann auch noch ein Kidnapper!«
»Psssst«, machte Pepper.
Auf der Leinwand war Tommi inzwischen völlig verzweifelt. Was sollte er mit dem Kind machen? Schließlich nahm er es mit zu sich nach Hause, in eine ziemlich armselige Bude, und machte Spiegeleier für sich und das Kind.
Dem Mädchen, das übrigens Sandra hieß, schien das alles zu gefallen. Schließlich fragte Tommi: ›Wo kann ich dich denn hinbringen, außer zu deinen Eltern?‹
Er wußte natürlich, daß dort die Polizei schon wartete.
›Zu meinem Opa, der wohnt in der Laubenkolonie‹, antwortete Sandra.
Auf dem Fahrrad fuhren die beiden dann in die Kolonie. Der Opa war gerade dabei, seine Rosen zu schneiden, und freute sich, seine Enkelin zu sehen. Tommi versuchte sich davonzuschleichen. Aber als er gerade das Gartentor erreichte, sagte Sandra zu ihrem Großvater: ›Du, Opa, der Herr Tommi hat mich entführt.‹
Tommi blieb wie angewurzelt stehen, weil er ja glauben mußte, daß nun alles vorbei sei. Aber der Opa reagierte ganz anders, als es Tommi erwartet hatte.
›Na toll, prima, phantastisch!‹ rief der Opa.
›Was ist los?‹ Tommi begriff die Welt nicht mehr.
Aber dann stellte sich heraus, daß der Opa und Sandras Vater spinnefeind waren. Der Schwiegersohn – also Sandras Vater –

hatte dem Alten verboten, sein Haus zu betreten und sich um Sandra zu kümmern.
›Der Alte ist kein Umgang‹, pflegte er zu sagen. ›Soll er mal in seiner Laube da draußen bleiben.‹
Sandras Vater war steinreich. Sandras Opa hatte nur seine Laube. Aber sie liebte den Großvater und seine Laube über alles. Also, der Opa packte Tommi an den Schultern und sagte: ›Da machen wir was draus!‹
Und nun versuchten Tommi und der Opa, Sandras Vater zu erpressen. Aber sie machten alles falsch. Einmal verlangten sie, Sandras Vater sollte das Lösegeld in einem Koffer von einer Brücke herunterlassen. Sie schickten ihm sogar das Seil dafür. Aber das war dann am Ende um zwei Meter zu kurz. Ein anderes Mal wollten sie zwei gleich aussehende Taschen austauschen, aber sie machten es so ungeschickt, daß sie am Schluß wieder die eigene Tasche in den Händen hatten. Und so weiter. Schließlich kamen sie aber doch noch an das Geld ran, und der Großvater brachte Sandra, die ja nie entführt worden war, zu den Eltern zurück. Das Geld spendeten Tommi und der Opa einem Kinderhort, in dem Waisenkinder untergebracht waren.
»Der Film hat mir wirklich gut gefallen«, sagte Frau Scheringer, als sie mit Pepper das Filmtheater verließ, »ich hab' schon lange nicht mehr so herzlich gelacht.«
Aber der hörte kaum zu. Er hatte schon vor Beginn der Vorstellung festgestellt, daß das Kino mindestens vier Ausgänge hatte. Nervös suchte er nach einem Platz, von dem aus möglichst alle zu beobachten waren und der doch in der Nähe seines geparkten Autos lag.
Das Publikum verlief sich schnell. Die Uhr über dem Ladeneingang eines Schmuckgeschäftes zeigte 22.44 Uhr. Die Lichter in den Schaukästen des Filmtheaters erloschen. Die Leuchtreklame über der großen Eingangstür wurde ebenfalls ausgeschaltet. Das ganze Gebäude lag nun im Dunkeln.

»Gehen Sie bitte schon zum Wagen«, sagte Pepper leise.
Frau Scheringer ging über die Straße.
Über einem kleinen Seiteneingang des Kinos flammte ein Licht auf. Unwillkürlich spannte sich Peppers Körper. Ein großer, dünner Mann erschien in dem matten Licht. Sorgfältig schloß er die schmale Seitentür ab und bückte sich nach einer großen Leinentasche. Pepper sah gerade noch, wie der Mann sich sichernd umschaute, da erlosch das Licht über der Tür.
Paul Pepper überquerte die Straße und ging auf seinen Wagen zu, neben dem die Alte stand. Den dünnen Mann sah er jetzt als schemenhafte Schattengestalt aus der schmalen Seitengasse entlang des Filmtheaters heraustreten.
Laut sagte Pepper jetzt zu Frau Scheringer: »Und dann hab' ich zu ihm gesagt, so was kann man mit mir nicht machen. Ihr Lokal betrete ich nie wieder. Nie wieder!«
Der Filmvorführer schien ein paar Augenblicke zuzuhören, wandte sich dann aber ab und ging schnell die Straße hinunter.
Pepper schloß seinen Wagen auf, stieg ein und öffnete die Beifahrertür von innen. Als die Alte eingestiegen war, wendete er den Wagen und fuhr dicht am Straßenrand im Schrittempo und ohne Licht die Straße hinunter.
Der dünne Mann ging zielstrebig und mit langen Schritten. Pepper hatte erwartet, daß der Filmvorführer in ein Auto steigen und zu der Kopierwerkstatt fahren würde. Doch nach etwa sechshundert Metern betrat er eine Kneipe, über deren Eingang ein Leuchtschild mit der Aufschrift ›Bierhalle‹ stand.
»Den Laden kenne ich«, knurrte Pepper, »ist nicht gerade unser Stil.«
Es dauerte ein paar Minuten bis Pepper einen Parkplatz fand. Schließlich betraten der Detektiv und die Alte das Lokal. Sie begegneten erstaunten Blicken. Aber Frau Scheringer ging resolut zum Tresen, kletterte mit Hilfe eines jungen Mannes auf einen hohen Barhocker und bestellte ein Bier.

Dann griff sie nach dem Würfelbecher, der am Tresen die Runde machte, und fragte: »Kann man da mitmachen?«
Pepper streifte mittlerweile durch das Lokal, das sechs ganz unterschiedliche Räume hatte. Im hintersten fand er den dünnen Mann an einem Poolbillardtisch. Offensichtlich war der Filmvorführer hier bekannt, denn seine Mitspieler sprachen ihn mit »Gruler« an.
Vergeblich hielt Pepper nach der Leinentasche Ausschau.
Fast drei Stunden blieb Gruler in der ›Bierhalle‹. Er spielte eine halbe Stunde an verschiedenen Spielautomaten, dann an einem Flipper, und schließlich kehrte er zum Billardtisch zurück. Die ganze Zeit über trank er nur Tee. Gruler sprach mit niemand und schien sich zu langweilen. Ein paar Mal gähnte er ohne die Hand vor seinen weit aufgerissenen Mund zu halten.
Kurz vor eins ging Gruler zu einem Garderobenständer, nahm seinen Mantel vom Haken und griff sich die Leinentasche, die am Fuß des Kleiderständers stand.
Pepper war sicher, daß die Tasche bis vor fünf Minuten nicht an diesem Platz gestanden hatte. Wütend ging er zum Tresen, wo Frau Scheringer noch immer auf dem Barhocker saß und längst mit allen Freundschaft geschlossen hatte.
»Ich zahle für die Dame«, rief Pepper der Bedienung zu.
»Die Dame zahlt selber«, konterte die Alte. »Schließlich habe ich beim Würfeln fünfunddreißig Mark gewonnen!«
Gerhard Gruler ging schnurstracks zum Rex-Kino zurück und verschwand durch die Seitentür in dem Gebäude. Als er nach fünf Minuten wieder herauskam, hatte er die Tasche nicht mehr bei sich. Er stieg in einen Kleinwagen und fuhr davon.
»Ich könnte mich schwarzärgern«, schimpfte Paul Pepper. »Wie ein Anfänger hab' ich mich benommen. Der geht da rein, stellt die Tasche an der Garderobe ab und geht ein Spielchen machen. Währenddessen kommt ein anderer, nimmt in aller Ruhe die Tasche und bringt sie in die Kopierwerkstatt. Und ich

Hornochse sitze die ganze Zeit in der Ecke, rauche meine Pfeife und schau zu, wie dieser Gruler Tee trinkt und Billard spielt.«
»Tja«, sagte die Alte, »besonders intelligent war das tatsächlich nicht.«
»Sie müssen natürlich wieder Salz in die Wunde streuen«, knurrte der Detektiv.

Pit macht eine Entdeckung

Otto Rist strahlte über das ganze Gesicht, als Pit seinen Musterkoffer aufklappte und sagte: »Alles verkauft und außerdem habe ich sieben Bestellungen.« Noch mehr freute sich der Videohändler, als ihm Pit eine exakte Abrechnung auf den Tisch legte und das Geld abgezählt daneben.
Rist rieb sich die Hände. »Wunderbar! Leute wie dich kann ich brauchen. Und wer ist die nette junge Dame?«
Arnica stand im Hintergrund vor einem Regal und studierte die Kassetten.
»Meine Freundin Arnica«, entgegnete Pit.
»Hübsch«, Rist strahlte noch immer über das ganze Gesicht. »Hilft sie dir beim Verkauf?«
Pit schüttelte den Kopf.
»Da, schau mal!« rief Arnica, »›Tommi und das Kind‹ – der Film ist doch gerade erst angelaufen.«
»Stimmt«, rief der kleine, dicke Mann, »alles was neu im Kino ist, gibt's auch schon bei Otto Rist. Das ist mein Werbespruch, und der lügt nicht!«
»Aber wie geht das denn?« fragte Arnica. »Ich hab' mal gehört,

daß Kassetten erst dann auf den Markt kommen, wenn der Film in allen Kinos gelaufen ist.«
»Tja, man braucht natürlich Verbindungen«, sagte Otto Rist stolz.
Arnica kam nach vorne. »Und die haben Sie?«
»Ja, sicher!« Rist kam nicht auf die Idee, daß das Mädchen bei seinen Fragen einen Hintergedanken haben könnte. Er plusterte sich richtig auf. »Man muß Lieferanten finden, bei denen es heißt: Unmögliches wird sofort erledigt, Wunder dauern etwas länger.« Er lachte selbstzufrieden in sich hinein.
Pit sagte vorsichtig: »Mir ist auch schon aufgefallen, daß auf den Kassetten kein Produzent angegeben ist.«
»Hauptsache, wir verkaufen gut«, entgegnete Rist. »Ich werd' jetzt mal deinen Koffer wieder auffüllen.«
»Kann ich mit aussuchen?« fragte Arnica.
»Gerne!«
Pit kam nicht mit zu den Regalen. Er hatte in einem Rollschrank eine Reihe Aktenordner entdeckt, und einer davon trug die Aufschrift ›TAG UND NACHT‹. Arnica war seinen Blicken gefolgt, und nur deshalb hatte sie Rist gebeten, ihm helfen zu dürfen. Pit und Arnica waren gut aufeinander eingespielt.
»Da –›Zwei gegen den Rest der Welt‹! Ich weiß schon, wer das kauft«, hörte Pit seine Freundin rufen. Die Kassette stand in einer Ecke im hintersten Regal.
»Na, ich weiß nicht. Ist doch ein Ladenhüter«, hörte Pit Rist sagen. Der Videohändler ging zu Arnica hinüber.
Blitzschnell zog Pit den Ordner aus dem Rollschrank und schlug ihn auf. Lieferscheine! Auf dem obersten waren vier Titel aufgeführt: ›Tommi und das Kind‹, ›Wer zweimal stirbt, dem glaubt man nicht‹, ›Lachsack‹ und ›Die fixen Ideen des großen Blonden.‹ Pit klappte den Ordner wieder zu, nahm einen Kugelschreiber von Rists Schreibtisch, schob seinen Pulloverär-

mel zurück und kritzelte die vier Filmtitel auf seinen Unterarm. Er zog den Ärmel gerade wieder herunter, als Rist und Arnica um das vorderste Regal herumkamen.
»Da bin ich aber gespannt, was da für ein Sortiment zusammengekommen ist«, sagte Pit ohne sonderliches Interesse.
Arnica klappte den Koffer auf und sah dabei Pit in die Augen. Der Junge nickte unmerklich.
»Na dann«, rief Rist aufgeräumt, »gute Geschäfte, Leute!«
»Danke«, sagte Pit, »bis zum nächsten Mal.«
Als die beiden auf der Straße standen, sagte Pit:
»Er bekommt die Filme von TAG UND NACHT – TV-SERVICE RUND UM DIE UHR.«
»Das ist doch die Firma, zu der dieser Arnold Kühne gefahren ist, und der Frau Scheringer die Kassetten aufgeschwatzt hat.«
»Genau. Und deshalb fahre ich da jetzt auch hin.«
»Du meinst, wir beide fahren da hin.«
»Nein, du bringst bitte den Koffer zu Pepper. Und dann könntest du mal kontrollieren, wo die Filme...«, Pit schob seinen Pulloverärmel zurück und las »...›Die fixen Ideen des großen Blonden‹, ›Lachsack‹ und ›Wer zweimal stirbt, dem glaubt man nicht‹ angelaufen sind. Das sind nämlich die Streifen, die mit ›Tommi und das Kind‹ an Rist geliefert worden sind.«
»Du meinst wohl, du kannst mir einfach befehlen?«
»Entschuldige. Ich will mich bei TAG UND NACHT bewerben.«
»Als was denn?«
»Jeder von uns muß doch in der zehnten Klasse ein Praktikum machen. Vierzehn Tage in einem Industrie-, Handwerks- oder Handelsbetrieb.«
»Hast du doch schon gemacht.«
»Aber die von TAG UND NACHT wissen das ja nicht.«
Arnica sah ein, daß sie Pit nicht ins Industriegebiet Süd begleiten konnte. Also fand sie sich damit ab, nahm den Koffer und

stieg in die Straßenbahn Richtung Estenfeld. Pit fuhr fünf Minuten später in die entgegengesetzte Richtung.

In der Empfangshalle der Firma TAG UND NACHT stand ein großer Marmortisch, über dem an zwei goldfarbenen Kettchen ein Plexiglasschild mit der Aufschrift ›Empfang‹ baumelte. Hinter dem Schreibtisch saß eine ältere, streng dreinblickende Dame mit straff nach hinten gekämmtem Haar und einer dikken Hornbrille.

»Ja, bitte?« fragte sie Pit unfreundlich.

»Ich suche eine Stelle für ein Zwei-Wochen-Praktikum.«

»Bei uns?« Das klang äußerst erstaunt.

»Ja, ich möchte später eine Lehre als Fernmeldetechniker machen. Und dafür ist ein Praktikum vorgeschrieben. Wir müssen uns die Stelle selber suchen.«

»Ich glaube kaum...«

»Was gibt's denn, Fräulein Eisenreiter?« fragte die freundliche Stimme eines Mannes, der aus einer Tür im Hintergrund getreten war.

»Der junge Mann sucht eine Praktikantenstelle für vierzehn Tage.«

»Na so was.« Der Mann ging auf Pit zu und musterte ihn. »Wie heißt du, oder muß ich ›Sie‹ sagen?«

»Ich heiße Peter Küster, und Sie können Du zu mir sagen.«

»Mein Name ist Oberon – wie der im ›Sommernachtstraum‹.« Der Mann lachte. Pit wußte nicht, daß es ein Theaterstück dieses Namens und darin einen Oberon gab.

»Guten Tag, Herr Oberon«, sagte Pit artig.

»Na, dann komm mal mit!«

»Meinen Sie denn, daß das dem Chef recht ist?« fragte Frau Eisenreiter spitz.

»Warum denn nicht?« Oberon war ein groß gewachsener, schlanker Mann mit einem gut geschnittenen, südländisch wir-

kenden Gesicht und blauen Augen – ›so ein Typ, den man sich gut in Tenniskleidung vorstellen kann‹, dachte Pit.
Sie gingen durch eine Schiebetür und kamen in einen großen, hellen, rechteckigen Raum, in dem ungefähr ein Dutzend Metallarbeitstische standen, und nur an dreien davon arbeiteten Männer in grauen Kitteln. Aus Stereolautsprechern hoch oben in den Ecken des Raumes klang fetzige Rockmusik.
»Die meisten unserer Leute sind natürlich unterwegs«, sagte Oberon. »Für den Außendienst haben wir vierundzwanzig Wagen, die sehr modern ausgerüstet sind. Alle unsere Mitarbeiter sind erstklassige Fachleute. Und unser Service arbeitet tatsächlich rund um die Uhr.«
Pit wollte fragen, wer wohl nachts um drei oder vier Uhr sein Fernsehgerät reparieren lasse, aber er verkniff sich die Frage. Statt dessen sagte er: »Könnte ich hier denn mein Praktikum…?«
»Na ja, viel wirst du in den zwei Wochen nicht mitbekommen. Das ist ja das Schwachsinnige an dieser neuen Schulverordnung. Die jungen Leute können grade mal in einen Betrieb reinriechen – mehr nicht.«
»Nun«, sagte Pit, »es geht ja darum, herauszufinden, ob einen der Beruf interessieren könnte.«
Oberon nickte. »Wann willst du anfangen?«
Pit war verwirrt. Er hatte nicht damit gerechnet, daß das so reibungslos gehen würde. Irgendwie war er enttäuscht. Sicher hatte Oberon nichts zu verbergen, sonst wäre er bestimmt nicht so bereitwillig auf einen fremden Jungen eingegangen.
»Ich muß noch mal mit meinem Lehrer darüber reden«, sagte Pit.
»In welcher Schule bist du denn?«
»Kepler-Gymnasium, Klasse 10a.«
»Küster war dein Name, nicht wahr? Peter Küster?«
»Ja, aber alle sagen nur Pit zu mir.«

»Also, Pit. Ruf mich an, wenn du weißt, wann du anfangen kannst, dann kläre ich das mit unserem Chef.«
Oberon begleitete Pit zur Tür, schloß sie sanft hinter dem Jungen und lief mit schnellen Schritten an seinen Schreibtisch, auf dem eine Sprechanlage stand. Oberon drückte auf einen Knopf.
»In diesem Augenblick verläßt ein Junge das Gebäude, Peter Küster, etwa einsachtundsechzig groß, schlank, dunkelhaarig, trägt Jeans und einen grauen Pullover. Bernie soll ihm folgen. Ich will alles über ihn wissen.«
Dann blätterte Oberon im Telefonbuch, bis er die Nummer des Kepler-Gymnasiums fand. Zehn Minuten später wußte er, daß Peter Küster bereits ein Praktikum absolviert hatte. Und zwar bei einem Einrichtungshaus, wo er vor allem beim Verlegen von Teppichen eingesetzt gewesen war.

Pit hatte keine Ahnung davon, in welcher Gefahr er von diesem Moment an schwebte.
Doch zunächst geschah gar nichts. Pepper riet zur Geduld. Man mußte den nächsten Filmwechsel im ›Rex‹ abwarten. Pits Vermutung hatte sich bestätigt. Die Filme, die er auf seinem Unterarm notiert hatte, waren zur fraglichen Zeit im ›Alhambra‹ in Führstadt oder im ›Kino-Center‹ in Unteralb gelaufen, das drei verschiedene Filmtheater beherbergte.
»Der Kreis schließt sich«, sagte Pepper zufrieden.
»Dann könnte man doch jetzt Rübezahl einschalten«, meinte Jonny.
»Alles zu seiner Zeit. Zuerst einmal will ich noch herausbekommen, wo Grulers Leinentasche hinwandert, solange er Billard spielt.« Pepper ging in die Küche und machte ein paar belegte Brote. »Bald kann man abends wieder draußen sitzen«, rief er von dort. »Es sind immerhin schon siebzehn Grad.«

Fünf Tage später stand Pepper abends wieder vor dem Rex-Kino und wartete. Alles wiederholte sich wie beim ersten Mal, nur daß er diesmal alleine war und Gruler zu Fuß folgte.
Der Detektiv betrat kurz nach Gruler die ›Bierhalle‹.
Der Filmvorführer stellte die Leinentasche unter den Garderobenständer und schlüpfte aus seinem Trenchcoat, den er so aufhängte, daß er die Tasche fast verdeckte.
Pepper lehnte sich gegen den Tresen und bestellte ein Bier. Die Tasche ließ er nicht aus den Augen.
Es dauerte keine drei Minuten, da griff eine Hand nach der Tasche. Pepper stieß sich von der Theke ab. »Ihr Bier«, sagte der Mann hinter dem Tresen. Pepper legte Geld hin ohne aufzuschauen, nahm einen großen Schluck und wischte den Bierschaum mit dem Handrücken von den Lippen. Der Mann mit Grulers Tasche verließ das Lokal. Pepper folgte ihm.
Vor der ›Bierhalle‹ stand auf dem Gehsteig ein schweres Motorrad. Der Mann verstaute die Leinentasche auf dem Tank und band sie mit zwei Lederriemen fest. Pepper fluchte innerlich. Eine Sechshunderter-Kawasaki. So ein Geschoß war sehr schwer zu verfolgen. Im Laufschritt eilte Pepper zu seinem Wagen. Er rutschte gerade hinter das Steuer, als das Motorrad losfuhr.
Pepper hatte erwartet, daß der Motorradfahrer ins Industriegebiet Süd fahren würde. Aber er lenkte seine Maschine in Richtung Stadtmitte. Zum Glück fuhr er äußerst diszipliniert. ›Klar‹, dachte Pepper bei sich, ›was er am wenigsten brauchen könnte wäre ein Polizist, der ihn anhält, weil er zu schnell gefahren ist‹.
Der Motorradfahrer bog in die Brunnenallee ein. Pepper pfiff durch die Zähne. Aber wieder traf nicht ein, was er erwartet hatte. Die Kawasaki fuhr an Nummer 50, der Videothek Krahl, vorbei und hielt dreißig Meter weiter vor einem häßlichen Betonklotz, in dem vor allem Rechtsanwaltskanzleien, Arztpra-

xen und Büros untergebracht waren. Pepper beobachtete, wie der Motorradfahrer an der Eingangstür klingelte und dann etwas in die Sprechanlage sagte. Sodann umrundete der junge Mann im Laufschritt das Haus.
Pepper war zu langsam. Er sah nur noch, wie der Motorradfahrer mit einer Flanke über eine Mauer sprang. Als er selbst die Stelle erreichte, war der junge Mann spurlos verschwunden. Pepper suchte mit den Augen das Grundstück ab. Drei Treppen führten zu drei verschiedenen Türen im Kellergeschoß des Betonklotzes hinab.
Paul Pepper verharrte einen Augenblick ratlos. Sollte er über die Mauer steigen? Aber wenn nun die Videokopierer den Hof überwachten? Schließlich waren sie vom Fach und konnten überall versteckte Videokameras angebracht haben. Dann war er der Bande ausgeliefert.
Pepper beschloß zu warten. Er lehnte sich gegen die Giebelwand des Nachbarhauses und behielt sowohl die Hofmauer als auch den Vordereingang im Auge. Zwanzig Minuten nachdem der Motorradfahrer im Haus verschwunden war, hielt vor dem klotzigen Betongebäude ein japanischer Sportwagen. Arnold Kühne sprang heraus. Er trug ebenfalls eine Leinentasche bei sich. Und auch er sagte zunächst etwas in die Sprechanlage, umrundete dann das Haus und sprang über die Mauer des Hofes.
»Da müßte ja dann wohl noch ein dritter kommen«, sagte der Detektiv leise zu sich.
Tatsächlich dauerte es nur weitere zehn Minuten, als ein Range Rover vor dem Bürohaus hielt. Und die gleiche Prozedur wie beim Motorradfahrer und bei Arnold Kühne wiederholte sich. Pepper überlegte einen Augenblick lang, ob er Rübenach anrufen sollte, entschied sich dann aber dagegen.
Es dauerte nicht lange, und die Filmboten verließen das Haus, wie sie gekommen waren: Zuerst der Motorradfahrer, dann Kühne und zum Schluß der Mann mit dem Range Rover. Den-

noch konnte es Pepper nicht wagen und soweit vorgehen, um sehen zu können, aus welcher Tür die Boten kamen.
Doch auch nach dieser Aktion ging Pepper noch nicht. Er wartete weiter und ließ das Haus nicht aus den Augen, obwohl die Müdigkeit längst schon von den Füßen her in seinen Körper hinaufgekrochen war und alle Muskeln zu lähmen schien.
Die Kirchenuhren hatten schon vor einer Weile vier Uhr geschlagen, als Pepper sah, daß Licht im Treppenhaus des Betonklotzes aufflammte. Vorsichtig pirschte er sich zur Straßenseite vor.
Der Mann, der das Haus verließ, bewegte sich mit jener Elastizität und Eleganz, die an eine Wildkatze erinnerte. Er trug einen glänzenden schwarzen Tuchmantel, einen breitkrempigen schwarzen Hut und Glacéhandschuhe in der gleichen Farbe. Das mußte Merdinger sein.
Pepper folgte dem eleganten Mann mit großem Abstand. Weit und breit war außer den beiden kein Mensch zu sehen. Die Brunnenallee war gleichmäßig ausgeleuchtet, und es gab außer den Platanen kaum Deckung für den Detektiv.
Merdinger ging bis zum Haus Nummer 50, in dem die Videothek Krahl untergebracht war. Gerade hatte Merdinger das Gebäude erreicht, da löste sich aus dem Schatten eines Vorbaus eine teure Limousine und glitt fast geräuschlos auf die Straße. Die Beifahrertür wurde von innen aufgestoßen, Merdinger stieg ein. Das Auto fuhr davon. Die Scheinwerfer des Wagens wurden erst eingeschaltet, als das Fahrzeug die nächste Kreuzung erreichte. Pepper hatte keine Chance gehabt, die Autonummer zu erkennen. Aber so viele Bentleys gab es hierzulande ja nicht. Der Besitzer mußte ohne besondere Schwierigkeiten zu ermitteln sein.
Pepper streckte sich und gähnte. Das Nachdenken über all das, was er in dieser Nacht erlebt hatte, verschob der Detektiv auf den herannahenden Tag.

Eine Falle für Pit

Pits Pech war es, daß er an diesem Tag dem Rektor seiner Schule nicht begegnete, denn der hätte ihn bestimmt auf den ominösen Telefonanruf angesprochen, in dessen Verlauf der Anrufer gefragt hatte, ob Peter Küster für ein Praktikum empfohlen werde.

So aber tappte Pit in die Falle. Er hatte telefoniert und um einen Termin gebeten. Oberon schien hocherfreut zu sein und bat den Jungen, noch am selben Tag gegen achtzehn Uhr zu der Firma TAG UND NACHT zu kommen.

Pit bestieg kurz nach fünf die Straßenbahn an der Haltestelle Hauptbahnhof.

Um diese Zeit saßen in einem luxuriös ausgestatteten Konferenzzimmer der Firma TAG UND NACHT die Herren Merdinger, Krahl, Oberon und Kühne um einen fein polierten Mahagonitisch. Sie knabberten Nüsse und tranken Sekt in kleinen Schlucken.

»Wird Herr Breisach kommen?« fragte Oberon gerade.

»Ausgeschlossen«, erwiderte Merdinger, »wegen so einer Lapalie!«

»Dann darf ich beginnen?« erkundigte sich Oberon.

»Ich bitte darum.«

Oberon schlug einen Notizblock auf und referierte:

»Was diesen Peter Küster interessant macht, sind seine persönlichen Verbindungen. Er ist der beste Freund eines gewissen Johannes Bergemaier...«

»Was?« fuhr Merdinger auf. »Bergemaier?«

»Ganz recht, Johannes Bergemaier ist der Sohn des Reporters beim ›Tagesanzeiger‹. Das ist aber noch nicht alles. Die beiden Jungen verkehren ständig mit einem gewissen Paul Pepper, einem ziemlich bekannten Detektiv, der früher bei der Polizei war und den auch eine Freundschaft mit Bergemaier verbindet.

Außerdem kommt dieser Pepper regelmäßig mit der Kioskbesitzerin Marie Luise Scheringer zusammen.«
»Ach du grüne Neune!« meldete sich Kühne, »die beliefere ich ja«.
Oberon nickte. »Richtig. Und Otto Rist beliefert diesen Pit Küster.«
»Nein!« Merdinger sprang auf.
»Doch«, sagte Oberon kühl. »So viel ist uns bis jetzt bekannt. Wir wissen auch, daß diese Frau Scheringer kürzlich in der ›Bierhalle‹ aufgekreuzt ist – in jenem Lokal, wo Gruler seine Filme übergibt. Es könnte Zufall gewesen sein. Glaube ich aber nicht. Ob dieser Pepper auch dort war, konnten wir nicht in Erfahrung bringen; die alte Frau fällt natürlich auf, zumal sie den Stammgästen beim Würfeln an der Theke das Fell über die Ohren gezogen hat.«
Merdinger hatte sich nicht wieder hingesetzt. Nervös ging er auf und ab, und mehr denn je wirkte er wie eine Raubkatze. Oberon beobachtete ihn aus den Augenwinkeln. Er wußte genau, was Merdinger gleich sagen würde. Und da kam es auch schon.
»Das ist eine Situation, die Breisach entscheiden muß.«
Oberon nickte. Er hatte von Anfang an gewußt, daß es so kommen würde.
»Und was geschieht mit diesem Peter Küster?«
Merdinger legte den Zeigefinger gegen die Nase.
»Tja, natürlich müssen wir aus ihm herausbekommen, was er weiß. Das muß aber so geschehen, daß wir keine schlafenden Hunde wecken.«
»Es ist jetzt achtzehn Uhr«, sagte Krahl, ein Mann mit dem Gesicht eines Fuchses. »Es kann doch nicht so schwierig sein, aus ihm herauszubekommen, was er weiß.«
»Wollen Sie's übernehmen?« fragte Merdinger.
»Ich? Wie komme ich denn dazu?«

Die Sprechanlage summte. Frau Eisenreiters kühle Stimme meldete: »Bei mir hier ist Peter Küster.«
»Na denn«, sagte Oberon.
»Nun?« fragte der elegante Merdinger.
»Ich will mal sehen, was sich machen läßt.«
Oberon lächelte die anderen freundlich an und verließ den Raum.
Pit hatte ein ungutes Gefühl, während er in der Empfangshalle wartete. Frau Eisenreiter würdigte ihn keines Blickes.
Oberon trat aus der Tür des Konferenzraumes und eilte auf Pit zu. »Da bist du ja. Am besten kommst du gleich mit in mein Büro. Hast du ein bißchen Zeit mitgebracht?«
Pit nickte. »Zeit genug!«
»Gut, sehr gut!« Oberon öffnete eine Tür und bat den Jungen mit einer einladenden Geste hinein.
Der Raum war einfach eingerichtet. An den Wänden hingen Schaltpläne und technische Zeichnungen.
»Nimm bitte Platz. Daß ich hier der Betriebsleiter bin, hast du sicherlich schon mitbekommen.«
»Ich hab' mir so was gedacht«, antwortete Pit.
»Gut.«
Pit setzte sich auf einen lederbezogenen Stuhl vor Oberons Schreibtisch. Der Betriebsleiter blieb, an den Schreibtisch gelehnt, stehen und sah auf Pit herunter. »Also«, sagte er und seine Stimme bekam einen schneidenden, drohenden Klang. »Peter Küster, der sein Praktikum bei einem Einrichtungshaus gemacht hat und dabei vor allem beim Teppichverlegen half. Peter Küster, der Freund von Paul Pepper und dem Journalisten Bergemaier. Peter Küster, der für Otto Rist Videos verkauft. Das alles bist du in einer Person.«
Pit war bei jedem Satz weiter gegen die Stuhllehne zurückgerutscht. Er rang nach Fassung. »Sie wissen eine Menge«, brachte er schließlich mit brüchiger Stimme hervor.

»Du wohl auch!« Plötzlich sprach Oberon wieder in freundlichem Ton. »Ich hab' dir gesagt, was ich über dich weiß. Tauschen wir unser Wissen aus. Du bist dran.«
»Was passiert, wenn ich nichts sage?«
Oberon ging zu einem schmalen Schrank und holte ein schwarzes lederbezogenes Kästchen hervor. Er ließ den Deckel aufspringen. Auf rotem Samt lag eine Spritze, daneben eine Ampulle mit einer bläulichen Flüssigkeit.
Lächelnd sagte Oberon: »Wenn du dieses Zeug in die Adern bekommst, erzählst du uns alles, was wir wissen wollen. Garantiert!«
Oberon schloß den Deckel des Kästchens wieder.
»Also?«
Pit hatte einen trockenen Hals. Sein Herz schlug heftig. Er begann zu schwitzen. Die Situation war ausweglos. Er saß in der Falle. Und niemand außer Arnica wußte, wo er war.
Schließlich begann er zu reden: »Nachdem Herr Bergemaier niedergeschlagen worden war, begannen wir zu ermitteln, wer hinter dem Anschlag gesteckt haben konnte. Herr Bergemaier hat übrigens nicht über Video-Raubpressungen recherchiert…«

Zur gleichen Zeit, als Pit alles offen auf den Tisch des Hauses von TAG UND NACHT legte, öffnete Paul Pepper die Tür zum Vorführraum des Rex-Kinos.
Gruler sah unwillig über die Schulter. »Zutritt verboten, können Sie nicht lesen?«
»Tag!« sagte Pepper.
»Raus!« schrie Gruler.
»Ist das der Film, den Sie gestern abend in der Leinentasche zur ›Bierhalle‹ getragen haben und den dann ein Motorradfahrer Merdinger zum Kopieren brachte?«
Gruler wurde bleich. Ein paar Sekunden lang hörte man nur

das Surren des Projektors und aus dem spärlich besetzten Kinosaal die Stimmen der Schauspieler auf der Leinwand und ein paar Takte dramatischer Filmmusik.
Pepper setzte sich auf einen runden Hocker. »Warum machen Sie das?«
»Wer sind Sie?« stieß Gruler hervor.
»Paul Pepper, Privatdetektiv. Ich ermittle gegen die Raubkopierer. Inzwischen wissen wir und können es auch beweisen, daß Sie alle neuen Filme zum Kopieren bringen beziehungsweise schicken.« Pepper lächelte. »Ihre Frau hatte allerdings einen anderen Verdacht, weil Sie doch fast jede Woche eine halbe Nacht wegbleiben.«
»Sie haben mit meiner Frau gesprochen?« Gruler schluckte.
»Eine meiner Mitarbeiterinnen«, sagte Pepper ein bißchen großspurig.
»O Gott!« Gruler verbarg sein Gesicht in den Händen.
»Halb so schlimm, was Ihre Frau anbelangt. Der ist's lieber, Sie verhökern Filme, als daß Sie sich einer anderen Frau zuwenden.«
»Das würde ich doch nie und nimmer tun.«
»Glaube ich. Aber warum sind Sie ins Videogeschäft eingestiegen?«
»Ich werde erpreßt!«
Pepper starrte Gruler überrascht an. »Im Ernst?«
»Glauben Sie, im Spaß?«
»Ich glaube zunächst mal gar nichts. Am besten erzählen Sie mir die Geschichte von Anfang an.«
Gruler schaute durch eine der kleinen Scheiben in den Kinosaal hinaus, kontrollierte den Lauf des Filmprojektors, warf einen Blick auf seine Uhr und setzte sich dann auf den zweiten Hokker in der engen Kabine.
»Ich habe einen sehr strengen Chef. Ihm gehören sechs Kinos in der Stadt.«

Pepper sah Gruler aufmerksam an. Das konnte beim besten Willen keine Erklärung sein.

»Eines muß ich vorausschicken«, sagte Gruler. »Eines Abends bin ich nach der letzten Vorstellung noch in die ›Bierhalle‹ rüber, um ein Spielchen zu machen und etwas zu trinken. Ich lernte einen Mann kennen – er wirkte höflich, freundlich und ... ja ... gebildet auf mich. Wir tranken ein Glas Weißwein zusammen, er lud mich zu einem weiteren ein, dann zu einem dritten und so weiter, wie das so geht. Am Ende hatte jeder von uns beiden tüchtig einen in der Krone – ich zumindest. Daß sich der andere die ganze Zeit Apfelsaft mit Wasser servieren ließ, erfuhr ich erst später. Sein Getränk sah jedenfalls genauso aus wie meines. Gegen Mitternacht überredete mich der Mann dazu, mit ihm noch mal ins Kino zurückzugehen. Er wollte unbedingt den Film sehen, der gerade auf dem Programm stand. Es war ein berühmter Western, ›Rio Bravo‹ hieß er, John Wayne spielte die Hauptrolle.«

Pepper nickte. Er kannte den Film.

»Ich ging also mit dem Mann zurück, legte den Film ein, setzte mich mit ihm in die Loge und wir tranken eine Flasche Sekt.«

Gruler sprach nicht weiter.

»Und?« sagte Pepper.

»Ohne und.«

»Das war alles?«

»Na ja, danach hat er mich erpreßt. Entweder ich liefere ihm die neuen Filme zum Kopieren oder er werde alles meinem Chef berichten.«

»Und da sind Sie drauf eingegangen?« fragte Pepper verständnislos.

»Ich war wie vor den Kopf gestoßen.«

»Der hätte Ihnen doch gar nichts beweisen können!«

»Der Gedanke kam mir später auch. Aber da war es bereits zu spät. Ich hatte die ersten Filme schon zum Kopieren geschickt.

Jetzt war ich natürlich endgültig in der Hand dieses Mannes.«
»Merdinger?«
»Nein, sein Handlanger. Oberon.«
»So heißt der?«
Gruler nickte und stand auf, um den Lauf der Filmperforation zu prüfen.
Pepper fragte: »Was zahlt er Ihnen?«
»Hundert Mark pro Film.« Gruler schien richtig erleichtert zu sein, endlich alles beichten zu können.
»Verdienen wird er daran Zigtausende«, sagte Pepper.
»Schon möglich.«
Pepper stand ächzend auf. »Mit dem Zubrot wird's bald vorbei sein.«
»Und mit meinem Job auch«, meinte Gruler.
Pepper zuckte mit den Achseln. »Sie sind so ein kleiner Fisch, Gruler. Ich kann mir vorstellen, daß man Sie glatt übersieht.« Er blinzelte den Filmvorführer listig an.
Aber der sah nur traurig auf die präzise laufenden Filmrollen und sagte: »Ich werd's nehmen wie's kommt!«
Pepper verließ den Vorführraum.

Pit hatte alles gesagt, was er wußte. Er hielt sich dabei an Peppers Weisung, der immer wieder betonte: »Spiele niemals den Helden. Im Zweifel sag alles, was du weißt. Wir müssen dann sehen, was wir draus machen.«
Oberon hörte aufmerksam zu, unterbrach den Jungen nicht und machte sich nur ab und zu Notizen.
Oberon hatte seine eigenen Pläne. Er wollte Merdingers Platz. Aber um den Mann mit den schwarzen Handschuhen verdrängen zu können, mußte er zuerst Breisachs Vertrauen gewinnen. Als Pit seinen Bericht beendet hatte, sagte Oberon: »Und das ist jetzt auch wirklich alles?«
»Ja.«

Es war nicht alles, denn zum Glück wußte Pit nichts davon, daß Pepper in der vergangenen Nacht dem Motorradfahrer bis zur Brunnenallee gefolgt war.
»Komm mit«, befahl Oberon und öffnete wie zufällig seine Jacke und Pit konnte die Waffe sehen, die er im Hosenbund stecken hatte.
Gehorsam ging Pit vor seinem Bewacher her. Die Empfangshalle war jetzt menschenleer und nur durch ein Notlicht erleuchtet. Draußen war schon die Nacht hereingebrochen.
»Halt!« kommandierte Oberon, »dahinein!«
Der Betriebsleiter riß eine Eisentür auf. »Es dauert nicht lange«, sagte er.
Pit trat in den Raum. Es roch muffig da drin, nach abgestandenem Öl und ranzigem Fett. Die Tür fiel zu. Ein Schlüssel wurde im Schloß gedreht. Pit tastete die Wand ab und fand einen Lichtschalter. Eine Neonröhre flackerte auf und gab gleich darauf ein ruhiges, kaltes Licht ab.
Pit befand sich in einer Abstellkammer. In verschiedenen Regalen lagen Bauteile von TV-Geräten, Schaltkreise, Kabel, Drähte, Stecker, Relais. Der Junge empfand so etwas wie Galgenhumor und sagte leise zu sich selber: »Wenn's mir langweilig wird, baue ich mir einen Fernseher zusammen.«
Oberon trat wieder in den Konferenzraum. Am oberen Ende des Mahagonitisches saß ein unscheinbarer Mann. Er war mittelgroß, schlank, hatte ein unauffälliges, ernstes Gesicht und exakt gescheiteltes, graues, dünnes Haar.
Auffallend waren eigentlich nur seine langen, schmalen Hände, die ständig in Bewegung waren.
»Tag, Oberon«, grüßte er.
Oberon verbeugte sich leicht. »Guten Tag, Herr Breisach.«
»Schlimme Geschichte«, sagte der Boß.
»Ich denke aber, daß wir sie in den Griff bekommen«, antwortete Oberon selbstbewußt. Im stillen wunderte er sich, daß

Breisach gekommen war. Offensichtlich war er von Merdinger verständigt worden.
»Ich bin gespannt«, sagte Breisach.
»Nun, wir wissen immerhin, was unsere Gegner wissen. Und wir haben einen entscheidenden Fehler gemacht«, sagte Oberon mit einem Seitenblick auf Merdinger.
»Nämlich?« fuhr Merdinger auf.
»Bergemaier hat lediglich über den Konsum von Horror- und Sexkassetten durch Kinder und Jugendliche recherchiert. Der illegale Videomarkt hat ihn nicht interessiert.«
Breisach fixierte Krahl. »Sie haben uns also falsch unterrichtet?«
Oberon merkte, daß sein Angriff gegen Merdinger nunmehr auf Krahl abgelenkt war. Darüber ärgerte er sich, aber er ließ sich nichts anmerken. Schnell fuhr er fort: »Der gefährlichste Mann ist ein Detektiv namens Pepper.«
»Paul Pepper?« fuhr Breisach auf.
»Ja!«
»Verdammt!«
Alle starrten Breisach an.
»Er hat damals die Dunkelmänner* auffliegen lassen. Ich konnte mich seinerzeit gerade noch absetzen.«
»Nun, dieser Pepper ist ein Freund von Bergemaier und will herausbekommen, wer den Reporter niedergeschlagen hat. Die Suche nach den Schlägern führte ihn auf unsere Spur. Immerhin kennt er die Wege, wie die Filme zu uns kommen. Er weiß über das ›Rex‹, das ›Alhambra‹ und das ›Kino-Center‹ Bescheid. Und offensichtlich arbeitet er auch mit der Polizei zusammen. Ein gewisser Kriminalrat Rübenach ist mit im Spiel.«
Plötzlich lachte Breisach. »Rübezahl! Der würde zehn Jahre seines Lebens geben, wenn er mich nur einmal erwischen könn-

* Siehe *Paul Pepper und die sechs Dunkelmänner,* Franckh Verlag, Stuttgart

te. Aber das wird ihm auch diesmal nicht gelingen, dank der Aufmerksamkeit und des Geschicks unseres guten Oberon. Also Leute«, Breisach rieb sich die Hände, »laßt uns eine Strategie entwickeln, damit Pepper und Konsorten ordentlich ins Leere laufen.«

Ein Schlag ins Wasser

Als Pit um zehn Uhr abends noch immer nicht zu Hause war und auch nichts von sich hören ließ, rief Frau Küster bei Paul Pepper an.
Der Detektiv reagierte höchst alarmiert. Und seine Sorge steigerte sich, als er von Arnica am Telefon erfuhr, daß Pit noch einmal zur Firma TAG UND NACHT hinausfahren wollte. Er lief aufgeregt auf und ab.
»Wir müssen etwas unternehmen«, sagte Frau Scheringer.
»Ja, sicher, fragt sich bloß was?«
Pepper trommelte nervös mit den Fingern auf der Tischplatte.
»Rübezahl einweihen«, schlug Frau Scheringer vor.
Pepper nickte und griff nach dem Telefon, das aber im gleichen Augenblick laut schrillte. Pepper meldete sich.
»Ja, hier Oberon«, tönte es am anderen Ende.
»Na, so was!« rief Pepper überrascht.
»Wir haben Peter Küster hier«, sagte Oberon, »er hat haarsträubende Geschichten erzählt, und ich nehme mal zu Ihren Gunsten an, daß sie alle erlogen sind.«
Pepper drückte auf einen Knopf. Jetzt lief das Tonband mit.
»Wenn er Ihnen erzählt hat, daß wir Ihnen, Merdinger und

Breisach auf die Schliche gekommen sind, liegt das immerhin sehr dicht bei der Wahrheit.«

Oberon lachte amüsiert.

Pepper reagierte nicht darauf.

Schließlich fuhr Oberon fort: »Wir erwarten einen Vorschlag von Ihnen, Herr Pepper. Man muß doch diese Lügengeschichten aus der Welt schaffen.«

»Und wie stellen Sie sich das vor?«

»Nun, ich denke, Sie sollten bei uns vorbeikommen, dann können wir alles besprechen.«

»Aha. Was denn alles?«

»Na ja, Sie wollen ja sicher genausowenig wie wir, daß diesem Peter Küster etwas zustößt. Und auch um Ihre eigene Sicherheit und die von Frau Scheringer sollten Sie besorgt sein. Es ist immer eine schwierige Sache, wenn sich ein einzelner mit einer großen, schlagkräftigen Organisation anlegt, die tausend Möglichkeiten hat.«

»Wenn ich Sie recht verstehe, Herr Oberon, dann drohen Sie mir?«

»Das haben Sie gesagt.«

Pepper gab darauf nur ein unwilliges Knurren von sich.

»Also«, sagte Oberon noch immer in freundlichem Ton, »wir erwarten Sie in einer halben Stunde.«

Dann legte er auf.

Pepper schaltete das Tonband ab und ließ es zurücklaufen. Gleichzeitig wählte er Rübenachs Privatnummer.

Der Kriminalrat reagierte unwirsch: »Mann, ich liege im ersten Schlaf, ist Ihnen eigentlich gar nichts heilig?«

»Ich spiele Ihnen ein Tonband vor«, rief Pepper unbeeindruckt und hielt den Hörer an den Lautsprecher des Geräts, das er jetzt wieder startete.

»Na, was sagen Sie dazu?« fragte Pepper als das Band abgelaufen war.

»Daß da ein ganzer Haufen Mist zum Himmel stinkt!«
»Ich fahre jetzt da raus. Indessen möchte ich Sie bitten, daß Sie in die Brunnenallee Nummer 40 und Nummer 50 fahren«, sagte Pepper und berichtete dann, was er dort beobachtet hatte. Rübenach sagte schließlich: »Passen Sie bloß auf sich auf, Pepper. Für Breisach ist der Videohandel nur ein Teil seiner Geschäfte. Wenn man den reizt, bekommt er Angst um sein Imperium, und dann wird er unberechenbar.«
»Danke, ich muß los«, rief Pepper.
»Das mag ich gar nicht«, sagte er zu Frau Scheringer, »wenn man eine Aktion nicht sorgfältig vorbereiten kann.«
Er ging zu der alten Kommode an der Stirnseite des Salons, zog die oberste Schublade auf, nahm seinen Revolver heraus, wog ihn nachdenklich auf seiner Hand und legte ihn wieder zurück.
»Gehen Sie ohne Waffe?« fragte die Alte.
»Die filzen mich doch, bevor sie mich reinlassen.«
»Sollte ich nicht vielleicht mitkommen?«
»Nein, bleiben Sie bitte hier. Wer weiß was noch passiert, und dann müssen wir eine Anlaufstelle haben.«
Pepper nahm seinen Parka vom Haken und stapfte hinaus.

Rübenach saß derweil bereits in seinem Dienstwagen, und während er mit Blaulicht und Martinshorn Richtung Präsidium raste, telefonierte er wie wild mit allen möglichen Dienststellen. Als er eine Viertelstunde später in sein unaufgeräumtes Büro kam, lag oben auf dem höchsten Aktenberg schon eine richterliche Durchsuchungsanordnung. Rübezahl schnaubte zufrieden: »Wie gut, daß es bei den Richtern auch einen Dienst rund um die Uhr gibt.«
Im Bereitschaftsraum warteten zwölf Beamte in Zivil auf ihn. Rübenach gab kurze, knappe Befehle. Er bildete zwei Gruppen. Je eine für jedes der beiden Häuser in der Brunnenallee, die ihm Pepper genannt hatte.

Pepper war pünktlich. Exakt dreißig Minuten nach Oberons Anruf stoppte er sein altes, blau-gelb gestrichenes Auto vor dem U-förmigen Gebäude der Firma TAG UND NACHT. Er ließ sich beim Aussteigen Zeit und schloß seinen Wagen sorgfältig ab. Natürlich wurde er beobachtet, das wußte er. Also versuchte er, gelassen, ja gleichgültig zu wirken.

Langsam ging Pepper auf den Haupteingang zu. Loser Kies knirschte unter seinen Schuhsohlen. Als er die Steinstufen vor der großen Glastür betrat, flammte das Licht auf. Pepper war einen Augenblick geblendet und konnte deshalb nicht sehen, wer die Tür aufmachte. Aber an der Stimme erkannte er Oberon, als der höflich sagte: »Guten Abend, Herr Pepper. Schön, daß Sie kommen konnten. Wenn Sie erlauben...« Er tastete den Detektiv mit geübten Griffen ab, dann sagte er: »Bitte, folgen Sie mir.«

Sie durchschritten die Empfangshalle, und Oberon öffnete die Tür zum Konferenzraum.

Pepper war enttäuscht. Außer Oberon traf er nur Merdinger und Krahl an, die ihn mit einem kaum merklichen Kopfnicken begrüßten.

»Nehmen Sie doch bitte Platz«, sagte Oberon.

Pepper war sicher, daß auch Breisach in der Nähe war. Für so etwas hatte er ein Gespür. Er setzte sich.

»Zur Sache«, begann jetzt Merdinger. »Von diesem Küster wissen wir, daß Sie drei Kinos herausgefunden haben, die Filme an Videoproduzenten ausleihen, damit davon Mutterbänder gezogen werden, die man später nahezu beliebig oft vervielfältigen kann. Wir wissen auch, daß Sie uns unterstellen, diese Bänder zu bearbeiten. Sie werden hier aber keine einzige Vervielfältigungs- oder Kopiermaschine finden.«

Pepper nickte. »Das weiß ich.«

Überrascht sahen ihn die drei Männer an.

»Dann lügt also dieser Peter Küster?« fragte Oberon.

»Er konnte Ihnen ja nur erzählen, was *er* weiß«. Pepper grinste.
»Und Sie wissen mehr?« fragte Merdinger.
Pepper nickte nur.
»Das würde uns dann aber sehr interessieren!« meldete sich Oberon.
»Nun, ich denke, Sie haben gar nichts mit der Sache zu tun!« sagte Pepper.
Einen Augenblick lang herrschte ratloses Schweigen, bis Pepper wieder das Wort nahm: »Tatsache ist, daß Händler wie Otto Rist Kassetten vertreiben, die ganz fraglos Raubkopien sind. Tatsache ist auch, daß diese Filme aus dem ›Rex‹ in unserer Stadt, dem ›Alhambra‹ in Fürstadt und dem ›Kino-Center‹ in Unteralb stammen. Das wissen wir. – Und«, fügte Pepper listig lächelnd hinzu, »wir wissen auch, daß diese Kopien nicht hier gezogen werden, obwohl die Räumlichkeiten dafür vorhanden wären. Ich kann mir vorstellen, daß die Firma TAG UND NACHT nur eine vertriebliche Aufgabe in dieser Organisation hat. Vielleicht wird hier auch der gesamte Ablauf geplant und koordiniert. Schließlich sieht keiner von Ihnen wie ein Fernsehmechaniker aus, aber...«
»Und wo sollen dann diese Kopien hergestellt werden?« unterbrach ihn Merdinger ungeduldig.
Pepper verschränkte die Arme über der Brust und sagte: »Finden Sie's raus!«
Er hatte die Arme nicht nur von ungefähr verschränkt. Er wollte vielmehr möglichst unauffällig auf seine Armbanduhr schauen. Rübenach mußte jetzt in der Brunnenallee sein.
»Hören Sie auf, Katz und Maus mit uns zu spielen. Sie werden schon sehen, daß Sie hier die Maus sind und nicht die Katze«, brüllte Merdinger unbeherrscht.
»Na gut, ich werd's Ihnen sagen, aber erst wenn Pit Küster frei ist.«
»*Wir* stellen die Bedingungen!«

»Nein«, sagte Pepper, »Sie wollen von mir etwas wissen und das bekommen Sie nur, wenn Sie den Jungen nach Hause schikken. Ich weiß gar nicht, was Sie daran hindert. Sie haben doch jetzt mich!«
Merdinger war plötzlich unsicher und warf einen Blick zur Stirnseite des Konferenzraumes.
Oberon räusperte sich und meinte dann: »Ich denke, wir werden darauf eingehen.«
»Setzen Sie ihn in ein Taxi und zahlen Sie die Fahrt«, sagte Pepper. »Peter Küster und seine Mutter sind keine wohlhabenden Leute.«
Oberon verließ den Raum. Pepper wollte ihm folgen.
»Halt, Sie bleiben hier!« schrie Merdinger.
»Ich will mich davon überzeugen, ob alles seine Ordnung hat.«
»Gehen Sie ans Fenster.«
Pepper trat an eines der Fenster und schob den Vorhang zur Seite. Er konnte sehen, wie Pit in ein Taxi stieg und merkte sich die Nummer des Wagens. Dann kehrte er an den Tisch zurück. Auch Oberon kam wieder.
»Also«, sagte er, »Ihre Bedingung ist erfüllt, Herr Pepper.«
»Gut«, Pepper zog eine bereits gestopfte Pfeife aus der Tasche und zündete sie an.
»Die Filmrollen werden im Haus Brunnenallee 40 angeliefert, und zwar gleich nach der letzten Vorstellung. Die Boten fahren ein Motorrad, einen japanischen Sportwagen und einen Range Rover. In der gleichen Reihenfolge, in der sie ankommen, verlassen sie das Haus, von dem – wie ich glaube – eine Verbindung zum Gebäude Brunnenallee 50 führt – also zu der Videothek des Herrn Krahl. Ich muß zugeben, wie es im Innern der beiden fraglichen Gebäude aussieht, weiß ich nicht, aber das ermittelt im Augenblick die Polizei.«
Er sah seine Gesprächspartner nacheinander an. Aber wenn er erwartet hatte, daß seine Worte irgendeine sichtbare Wirkung

haben würden, hatte er sich getäuscht. Die drei Männer erwiderten seinen Blick gleichmütig.
Von der Stirnseite des Konferenzraumes, die vom Licht nicht erfaßt wurde, erklang ein leises, kehliges Lachen. Also war Breisach doch im Raum.
»Der arme Rübezahl«, sagte der Mann aus dem Dunkel.

Um diese Zeit hatten die Spezialisten der Polizei längst die Türen der Gebäude Brunnenallee 40 und 50 geöffnet. Die Kellerräume in Nummer 40 waren als Büros eingerichtet. Alles war da: Schreibtische, Schränke, Regale, Schreibmaschinen, Rechenmaschinen, Personalcomputer – alles, nur kein Stück Papier, kein Kuvert – nichts, was entfernt darauf hindeutete, welcher Art die Geschäfte waren, die hier abgewickelt wurden.
Rübenachs Männer fanden auch eine Rohrpostanlage, die eine direkte Verbindung zum Haus 50 herstellte.
In den Kellerräumen des Hauses Brunnenallee 50 standen eine ganze Menge Video-Recorder und eine sogenannte U-matic-Anlage. Es war alles vorhanden, um Filme auf Videobänder zu überspielen, aber es gab keinerlei Indizien dafür, daß dies tatsächlich auch geschah.
Rübezahl tobte. Ihm war klar, daß Breisach ihm wieder einmal zuvorgekommen war. Und wenn er sich vorstellte, wie sich der Boß der Organisation ins Fäustchen lachte, geriet er in einen kaum zu bezähmenden Zorn.
Nach einer Stunde befahl er alle seine Beamten zu sich.
»Wir werden den strategischen Rückzug antreten. Unsere Gegner haben uns ausgetrickst«, sagte der Kriminalrat, »aber wir haben nur eine Schlacht verloren, nicht den ganzen Krieg gegen diese Gangster. Merdinger und Breisachs Anwälte werden uns gehörig einheizen. Ich höre sie schon tönen: ›Nacht- und Nebelaktion gegen unschuldige Bürger, die brav ihre Steuern zahlen.‹ Aber davon lassen wir uns nicht beeindrucken.

Keiner von Ihnen gibt eigenmächtig eine Antwort. Wann immer Anfragen kommen – verweisen Sie die Fragesteller an mich. Klar?«
Die Beamten nickten. Jeder von ihnen konnte Rübenachs Wut nachempfinden, denn sie fühlten ganz ähnlich.

Pepper erfuhr fast zur gleichen Zeit, daß die Gangster die Polizisten hatten ins Leere laufen lassen. Oberon erschien in der Tür und sagte: »Der Besuch ist schon wieder gegangen. Die Herren sind verärgert. Sie waren nämlich völlig erfolglos.«
Wieder war das leise, kehlige Lachen aus dem dunklen Teil des Raumes zu hören.
Dann sagte Merdinger: »Kriminalrat Rübenach war tatsächlich in der Brunnenallee, Herr Pepper, aber offensichtlich hat er nicht gefunden, was er suchte.«
Alle Nervosität war von Merdinger abgefallen. Er sprach jetzt in verbindlichem Ton.

Pit wunderte sich sehr, daß er plötzlich aus seinem Gefängnis befreit und in ein Taxi komplimentiert wurde. Oberon steckte dem Fahrer Geld zu und sagte: »Bringen Sie den jungen Mann dorthin, wo er möchte.«
»Also, wohin?« hatte der Fahrer gefragt.
»Bis zur nächsten Telefonzelle, das reicht.«
Die Fahrt endete bereits nach hundertfünfzig Metern. Der Fahrer lachte, als er anhielt: »So leicht habe ich auch noch nie dreißig Mark verdient.«
Pit rief bei Pepper an und erfuhr von Frau Scheringer, daß der Detektiv ungefähr vor anderthalb Stunden zu der Firma TAG UND NACHT gefahren sei. Pit bat die Alte, seine Mutter anzurufen und zu beruhigen. Sein Kleingeld reichte nicht für ein zweites Telefongespräch. Dann kehrte er zu dem U-förmigen Firmengebäude zurück.

Die Alte schaltet sich ein

Frau Scheringer telefonierte nach Pits Anruf mit dessen Mutter. Aber Frau Küster reagierte ungehalten: »Er soll gefälligst nach Hause kommen, wer weiß was er wieder vorhat. Was mir der Junge Sorgen macht!«
Daraufhin versprach Frau Scheringer, sich darum zu kümmern. Sie stieg in ihren alten Kombi, der schon seine achtzehn Jahre auf dem Buckel hatte. Frau Küster hatte ja recht. Die Alte ärgerte sich, daß sie Pit nicht gleich gebeten hatte, sofort nach Hause zu fahren.
Die Straßen waren jetzt wie ausgestorben. Im Fernsehen lief ein Fußball-Länderspiel. Wenn der Anlaß weniger ernst gewesen wäre, hätte Frau Scheringer die Fahrt durch die nächtlichen Straßen genossen.
Vor dem U-förmigen Gebäude der Firma TAG UND NACHT stand noch immer Peppers Auto. Den Jungen konnte die Alte nirgends entdecken. Sie ließ ihren Kombi ein Stück weiterrollen, wendete in einer Hofeinfahrt und parkte so, daß sie das Haus des Fernsehreparaturdienstes im Auge behalten konnte.
Pit, der sich hinter dichtem Buschwerk verborgen hielt, hatte den Wagen der Alten sofort entdeckt. Außerhalb des Lichtkreises der Straßenlaternen schlich er zu dem Kombi und klopfte ans Fenster.
»Hast du mich vielleicht erschreckt«, rief Frau Scheringer und öffnete die Beifahrertür.
In diesem Augenblick ging das Licht über der Eingangstür des U-förmigen Flachbaus an. Pit schlüpfte schnell ins Auto. Und rutschte halb unters Armaturenbrett.
Im Eilschritt verließen Breisach und Merdinger das Haus. Sie sprangen in einen Mercedes-Sportwagen.
»Los, hinterher!« rief Pit.
»Spinnst du, das ist ein Sportwagen«, sagte die Alte. »Und

überhaupt, du sollst auf dem schnellsten Weg nach Hause kommen!«

»Verstehen Sie nicht!« Pit war für seine Verhältnisse ungewöhnlich aufgeregt. »Die haben Pepper eingesperrt, genau wie mich, und jetzt hauen sie ab.«

»Aber warum?«

»Weiß ich nicht. Vielleicht fürchten sie, daß die Polizei kommt.«

Wie um seine Worte zu bestätigen, sah man in der Ferne Blaulicht blitzen.

Frau Scheringer startete den Motor.

Zum Glück fuhr Merdinger nicht schnell. Wahrscheinlich wollte er verhindern, daß er einer Polizeistreife auffiel. Die Alte folgte ihnen im Abstand von etwa fünfzig Metern. »Ich glaube, wir sollten uns noch ein bißchen zurückfallen lassen«, sagte Pit, »wenn die uns bemerken...«

»Das ist schließlich nicht meine erste Verfolgungsjagd«, unterbrach ihn die einundachtzigjährige Frau Scheringer leicht verstimmt.

Pit redete eine ganze Weile nichts mehr. Er zog einen Kugelschreiber aus der Brusttasche seines Hemdes und notierte die Nummer des Mercedes-Sportwagen auf seinen linken Handrücken:

FÜR-KA 333

Sie erreichten den Stadtrand. Der Sportwagen beschleunigte. Frau Scheringer ruckte ein wenig in den Schultern, schob den Kopf nach vorne und umfaßte das Lenkrad fester. Sie holte aus ihrem alten Kombi heraus was ging. Aber schon bald waren die Rücklichter des schnellen Mercedes nur noch zwei kleine, rote Punkte, ehe sie sich vollends im nächtlichen Dunkel verloren.

Die Alte schimpfte leise vor sich hin und schaltete herunter. »Zwecklos«, sagte sie, »die ganze Anstrengung war umsonst.«
»Immerhin wissen wir, in welche Richtung sie gefahren sind.«
»Eine tolle Erkenntnis«, Frau Scheringer wendete ihr Fahrzeug.
»Jetzt aber nichts wie nach Hause«, sagte sie.
Zunächst fuhr sie dann aber noch einmal beim Betriebsgebäude der Firma TAG UND NACHT vorbei.

Pepper war von Oberon in einen Kelleraum ohne Fenster gebracht worden. Eine schwere Eisentür fiel ins Schloß. Vier kahle, weiß gekalkte Wände starrten den Detektiv an. Pepper war trotzdem nicht unzufrieden. Wenn die Herren Breisach und Merdinger einen solchen Aufwand trieben, mußten sie Gründe dafür haben. Kein Zweifel, er war auf der richtigen Spur.
Dennoch empfand er es als würdelos, in einem solchen Raum – ohne Stuhl und Bett – eingesperrt zu werden.
Lange dauerte seine Haft allerdings nicht. Er hörte schon nach knapp zehn Minuten gedämpft die Töne eines näherkommenden Martinshorns. Kurz darauf vernahm er Schritte.
Pepper zog einen Schuh aus und begann, gegen die Tür seines Gefängnisses zu trommeln. Zwei Minuten später stand Rübenach vor ihm.
Er machte keinen sehr zufriedenen Eindruck. Ohne sich mit einer Begrüßung aufzuhalten, polterte er los: »Dieser Breisach tanzt uns auf der Nase herum. Wenn ich den erwische, drücke ich ihm höchst eigenhändig die Luft ab!«
Pepper zuckte die Achseln. »Haben Sie schon etwas gefunden?«
»Das hier ist eine ganz normale Reparaturwerkstatt. Von Video-Raubpressungen keine Spur. Es ist zum Verzweifeln! Wir wissen ganz genau, was Breisachs Organisation alles treibt, aber wir haben keine Beweise.«

»Was nicht ist, kann ja noch werden«, meinte Pepper und ging die Treppe hinauf. Er kam an die Eingangstür, als Frau Scheringer gerade in den Hof des U-förmigen Gebäudes einbog. Überrascht sah der Detektiv auf Pit.
»Ich denke, du liegst längst im Bett«, sagte er, als der Junge ausstieg.
Rübenach kam hinzu. »Wenn ich dein Vater wäre...«, fuhr er Peter Küster an.
»Nicht auszudenken!« unterbrach ihn der Junge. »Sie und mein Vater, da würd' ich aber sofort ins Internat gehen.«
Dann hielt er dem Kriminalrat seinen Handrücken unter die Nase. »Der Wagen, mit dem Breisach und Merdinger weggefahren sind, hat dieses Kennzeichen.«
Rübenach winkte einen Beamten herbei. »FÜR – KA 333, prüfen Sie mal, wem das Auto gehört.«
»Niemandem«, sagte der Beamte.
»Was?«
»Die Zulassungsstelle ist erst bei »FÜR – ES... Es gibt noch keine Nummern mit K.«
»Wissen Sie das ganz genau?«
»Hundertprozentig!«
Rübezahl sah Pit an. »Du hast wohl Tomaten auf den Augen gehabt, was?«
»Unsinn«, fuhr Frau Scheringer dazwischen. »Ich habe die Nummer auch gesehen. Er hat eben ein falsches Nummernschild an seinem Mercedes. Das ist ja wohl in Verbrecherkreisen nichts Ungewöhnliches. Die Mafia in Amerika hatte früher sechs, sieben unterschiedliche Nummernschilder an jedem Wagen eingebaut, die man nach Wahl herunterklappen konnte – sogar während der Fahrt.«
»Was Sie nicht sagen!« Rübenachs Stimme hatte einen ironischen Klang.
Ein uniformierter Polizist trat zu der kleinen Gruppe.

»Herr Kriminalrat«, sagte er, »kann ich Ihnen mal was zeigen?«
Rübenach folgte ihm und auch Pepper schloß sich an.
Der Polizist führte sie in einen Kellerraum, der ganz am Ende eines langen Ganges lag. Dort waren Faltkartons gestapelt. Pepper schätzte, daß es mindestens fünfhundert waren.
»Ja, und?« belferte Rübenach den Beamten an.
Der Polizist zog einen der Kartons hervor. Rübenach und Pepper sahen den Karton verständnislos an.
»Alle Kartons haben den gleichen Absender«, sagte der Polizist, »Hatariri, Kyoto, Japan, und aus der Beschriftung geht hervor, daß Videogeräte...« weiter kam er nicht.
»Augenblick mal«, rief Rübenach. »Da sind doch ..., aber das ist doch ... Mann, das wäre ja ein Ding!«
Pepper sah den Kriminalrat fragend an. Aber der ließ den Detektiv noch zappeln.
»Wenn wir *der* Geschichte auf die Spur kämen...«
»Sind wir doch schon, oder?« sagte der Polizist keck.
»Viertausend Recorder und über zweitausend Kameras, Wert zwölf Millionen Mark« – Rübenach sagte es fast andächtig.
»Klingt nach einer ganzen Schiffsladung«, meinte Pepper.
»Genau!« Rübenach war plötzlich ganz aufgeregt.
»Eine Schiffsladung, Sie haben es erraten. Das Bundeskriminalamt und der Zoll fahnden seit sechs Wochen erfolglos danach.«
»Und wo ist die Ladung abhanden gekommen?«
»Im Hamburger Freihafen.«
»Das gibt's doch gar nicht«, sagte Pepper.
»Und ob es das gibt! Sie haben ja keine Ahnung, wozu eine gut geführte Gangsterorganisation fähig ist.« Es klang fast ein bißchen Anerkennung mit.
»Das würde erklären, warum die Firma TAG UND NACHT ein so großes Gebäude für die paar Fernsehreparaturen ange-

mietet hat«, sagte Pepper. »Sicher werden die gestohlenen Geräte hier umgerüstet, mit einer anderen Firmenbezeichnung versehen und dann an den Handel weiterverkauft.«
»Umgerüstet, warum denn?« fragte der Polizist.
»Damit man sie nicht sofort als Hatariri-Geräte erkennt.«
»Gibt's denn so was?«
»Was meinen Sie, wie oft das ganz offiziell gemacht wird! Die meisten Markenkühlschränke stammen bei uns nicht von den Firmen, deren Namen auf den Geräten stehen, die werden in Italien bei Zanussi oder in der DDR in einem volkseigenen Betrieb hergestellt und bekommen hier nur eine letzte äußere Form. Schon längst haben daher die Japaner im Videobereich eine ähnliche Firmenpolitik angefangen. Sie produzieren im eigenen Land, und hier bekommen die Geräte einen deutschen Markennamen.«
Rübenach rieb sich zufrieden die Hände. »Da war unser nächtlicher Einsatz ja vielleicht doch nicht ganz umsonst!«
Er zog noch ein paar andere Faltkartons aus dem Stapel. Alle hatten dieselbe Aufschrift.
Mit sich und der Welt zufrieden, erklärte der Kriminalrat die Fahndung vorerst für beendet.
Pit war inzwischen von Frau Scheringer nach Hause gefahren worden.

Am nächsten Morgen fand sich Frau Scheringer schon früh bei Paul Pepper ein. Er arbeitete bereits wieder an den Außenwänden seines Luxuswagons. Inzwischen war die alte Farbschicht vollständig entfernt. Er begann gerade damit, das Holz neu zu grundieren.
Frau Scheringer ließ sich ächzend in einen der Birkenholzstühle fallen.
»Das ist nichts mehr für eine so alte Frau«, sagte sie, »sich die Nacht um die Ohren zu schlagen.«

»Vielleicht sollten Sie ein bißchen Urlaub machen«, antwortete Pepper.
»Meinen Sie? Und wo?«
»In Hamburg vielleicht.«
»Hä?«
»Ja, im Freihafen soll es interessant sein.«
»Bitte?«
»Verstehen Sie denn nicht?«
»Ich habe wenig geschlafen«, sagte Frau Scheringer entschuldigend.
»Das merkt man!« Paul Pepper stieß den Pinsel in den Aluminiumtopf mit der Grundierfarbe.
Frau Scheringer kniff die Augen zusammen. »Sie meinen, wir könnten das Verschwinden der Schiffsladung aufklären? Ich glaube, Pepper, Sie sind größenwahnsinnig geworden.«
Pepper nickte. »Könnte sein. Andererseits: Wenn wir den Burschen auf die Spur kommen und die Geschichte aufklären können ... Rechnen Sie doch mal! Zwölf Millionen Mark! Die Prämie könnte ein Promille betragen.«
Er malte mit dem Pinsel die Zahl

12.000.000

an die Wand seines Wagens und strich dann die letzten drei Nullen weg.
»Das wären also zwölftausend Mark. Oft kassiert man auch zweieinhalb Promille, wenn man einen solchen Diebstahl aufklären kann. Das wären dann runde dreißigtausend Mark!«
»Da muß eine alte Frau lange für stricken«, antwortete Frau Scheringer mit einem ihrer Lieblingssprüche.
»Also?« Pepper wirkte richtig gut gelaunt.
»Ich schließe meinen Kiosk für ein paar Tage.«
Frau Scheringer goß Kaffee aus einer Thermoskanne in zwei

Tassen. Pepper wischte sich die Hände an einem Knäuel Putzwolle ab und nahm gegenüber der Alten Platz.
»Die Kinder könnten mitkommen«, sagte er.
»Und die Schule?«
»Die haben doch Pfingstferien.«
»Ach so, stimmt ja.«
Die Sonne schien mild und warm vom Himmel. Peppers Luxuswagon sah seltsam aus. Er hatte eine häßliche braunrote Färbung und unter dem Fenster zum Salon stand etwas ungelenk hingemalt die Zahl

12.000~~000~~

mit drei durchgestrichenen Nullen.

Tanaka weiß zu viel

Paul Pepper, der sonst die Ruhe in Person war, wirkte nervös und erregt. »Wenn ein alter Seemann das Meer riecht«, sagte er, »ist das wie wenn ein alter Zirkusgaul Musik hört. Am liebsten würde ich gleich wieder anheuern!«
Sie saßen in einer offenen Barkasse, die durch den Hamburger Hafen schipperte. Außer Pepper, Frau Scheringer, Arnica, Pit und Jonny waren nur noch wenige Fahrgäste an Bord. Die Veranstalter von Hafenrundfahrten warben sich gegenseitig die Gäste ab.
Der Mann am Steuer erklärte über einen Lautsprecher, was zu sehen war.
»Jetzt kommen wir in den Freihafen«, rief er gerade.

»Freihafen nennt man den Teil eines See- oder Flußhafens, der sogenanntes Zollausland ist. Das heißt, Waren können hier ein- und ausgeführt werden, ohne daß Zoll erhoben wird. Erst wenn die Waren den Freihafen Richtung Zollinland verlassen, ist der Zoll zu zahlen. Solange die Güter aber nur hier in den Freihafen hereingebracht und von hier wieder hinausgebracht werden, kümmert sich der Zoll nicht darum. Man hat das gemacht, um den Gütertransit zu erleichtern. Hier im Freihafen werden Güter umgeladen, gelagert, aber auch veredelt und dann eben zollfrei wieder ausgeführt. Das ist ein wichtiger Wirtschaftszweig für Hamburg.«
Pepper nickte zustimmend.
Pit meldete sich und fragte den Barkassenführer: »Gibt's denn hier auch Schmuggler?«
»Du meinst Leute, die heimlich Waren rausschaffen, ohne den Zoll zu bezahlen?«
Pit nickte.
»Tja min Jung, da kommen die seltsamsten Geschichten vor. Aber die Zollfahnder sind wachsam. Du kannst hier nicht einfach eine Kiste Zitronen, einen Karton Uhren oder einen Video-Recorder oder sonst was unter den Arm klemmen und durch die Abschrankung rausmarschieren. Da würde dich der Zoll sehr schnell hinter Gitter bringen. Die haben nämlich dieselben Vollmachten wie die Polizei.«
»Wie kommen Sie denn gerade auf Videogeräte?« fragte Jonny.
Der Barkassenführer kniff die Augen zusammen. »Weil das auch schon mal vorgekommen ist. Es ist noch gar nicht so lange her, da ist hier 'ne ganze Ladung verschwunden, und keiner weiß wie. Ehrlich gesagt, ich kann mir's auch beileibe nicht vorstellen.«
»Aber Sie dürfen hier rein und raus, wie Sie wollen?« fragte Arnica.

Der Barkassenführer lachte. Es gefiel ihm, wenn die Leute ihn ausfragten. Schließlich wußte er besser Bescheid als die meisten anderen. Und da legte er einen gewissen Ehrgeiz an den Tag, wenn er mit seinem Wissen ein bißchen glänzen konnte.
»Die kennen mich ja. Trotzdem kann es vorkommen, daß meine Barkasse durchsucht wird und daß auch meine Fahrgäste eine Kontrolle über sich ergehen lassen müssen.«
Er umfuhr jetzt den haushohen Bug eines japanischen Schiffes.
»Die Schiffe haben heute fast ausschließlich Container geladen...« fuhr er in seinem Vortrag fort.
Pepper hatte sich eine Pfeife gestopft und versuchte, sie nun trotz des Fahrtwindes anzustecken.
»Eine ganze Ladung«, murmelte er vor sich hin, »einfach unfaßbar.«
Pit saß neben ihm und klopfte mit dem Fingerknöchel gegen die Bordwand. »Wie wär's denn damit?«
»Was meinst du?« fragte Pepper.
»Angenommen, man würde in diesen Besucherbarkassen das wertvolle Diebesgut rausschaffen?«
»Du hast vielleicht Ideen!« sagte Pepper. Aber er war ziemlich nachdenklich geworden. »Möglich wär's, du hast recht. So könnte das funktionieren.«

Pepper und seine Freunde wohnten bei Nelli Hansen in einer kleinen Pension nicht weit vom Hafen. Paul Pepper kannte Nelli Hansen seit dreißig Jahren. Früher hatte er oft bei ihr gewohnt, wenn er von seinen langen Schiffsreisen für ein paar Wochen oder Monate nach Deutschland zurückgekehrt war.
»Meine zweite Heimat«, erklärte Pepper seinen Freunden.
»Und wo war Ihre erste Heimat?« fragte Arnica.
»Na, auf dem Forschungsschiff, mit dem ich gefahren bin.«
Am nächsten Tag besuchte Pepper einen alten Freund bei der Hafenpolizei und der wiederum brachte ihn mit einem Beam-

ten der Zollfahndung zusammen. Pepper hoffte, einen Ansatzpunkt für seine Ermittlungen zu bekommen.
Aber es sah tatsächlich so aus, als ob die Videogeräte von dem japanischen Containerschiff spurlos verschwunden wären.
»Eigentlich unvorstellbar«, sagte Pepper zu dem Mann von der Zollfahndung.
»Sie haben recht. Allem Anschein nach, stecken die Diebe mit der Schiffsmannschaft unter einer Decke. Aber beweisen sie das mal. Vor allem wenn es sich ausschließlich um Japaner und Koreaner handelt, die Sie immer nur freundlich anlächeln und ansonsten nur die Achseln zucken.«
»Welcher Reederei gehörte denn das Schiff?«
»Der Reederei ›Yoko Omi‹ in Tokio – einer Tochtergesellschaft des Hataririkonzerns.«
Paul Pepper nickte nachdenklich. »Gut versichert, nehme ich an.«
»Man kann gar nicht besser versichert sein. ›Yoko Omi‹ ist bei ›Lloyds‹ in London versichert und die haben auch prompt bezahlt. Dennoch haben sie einen eigenen Havariekommissar geschickt: Mr. George Hastings, ein As auf seinem Gebiet. Nur, Hastings hatte bisher auch keinen Erfolg.«
»Ist der denn noch hier?«
»Ja, er wohnt im ›Alsterhotel‹ – ein zäher Bursche, der nicht so leicht aufgibt.«
Eine Stunde später saß Pepper dem Engländer gegenüber. Hastings war ein typischer Brite. Er trug einen gepflegten, karierten Anzug und stützte sich auf einen schönen Stock aus Ebenholz mit Silberknauf.
Mr. Hastings sprach fließend Deutsch, war aber Paul Pepper gegenüber äußerst zurückhaltend.
»Dazu liegt keine Veranlassung vor, daß Sie sich einmischen«, sagte er mit leiser Stimme. »Alles was getan werden muß, wird bereits von uns unternommen.« Er nippte an seiner Teetasse.

Pepper hatte sich ein Bier bestellt. Sie saßen in einem Gartenrestaurant an der Elbe. Keine fünfzig Meter entfernt glitten die großen Schiffe an ihnen vorbei, Richtung Hafen oder Richtung See.
Pepper zog an seiner erkalteten Pfeife und sagte langsam, jedes Wort betonend: »Ich bin – zugegeben, mehr durch Zufall – auf die Verpackung der gestohlenen Ware gestoßen.«
Sofort richtete sich Hastings senkrecht auf.
»Sagen Sie das bitte noch einmal.«
»Ich denke, Sie haben mich gut verstanden. Eigentlich war ich auf der Spur eines Video-Raubkopierers, aber im Keller einer Werkstatt lagerten Kartons der Firma Hatariri aus Kyoto und die Polizei geht davon aus, daß in den Kartons die Geräte waren, für die Ihre Versicherung aufkam.«
Hastings schien sich nur mit Mühe zu beherrschen.
»Aber das wäre ja sensationell«, sagte er.
»Möglich!« Pepper klopfte seine Pfeife aus. »Auf jeden Fall sollten Sie überlegen, ob es nicht für Sie günstig wäre, mit mir zusammenzuarbeiten.«
»Nun ja...«, Hastings schien zu überlegen.
»Ich weiß«, meinte Pepper lächelnd, »Sie halten mich für einen Prämienjäger. Und ehrlich gesagt, das bin ich auch. Denn schließlich lebe ich davon, daß ich Kriminalfälle aufkläre und mich dafür bezahlen lasse. Ich bin also nicht aus uneigennützigen Gründen hier.«
Jetzt lächelte auch der Havariekommissar: »Freut mich, daß Sie so offen sind. Daß ich Menschen gegenüber vorsichtig, ja mißtrauisch bin, darf Sie nicht wundern. Als Havariekommissar ist man ständig unterwegs. Ich kenne bald alle Häfen der Welt. Sie glauben gar nicht, wie umfangreich die Betrügereien geworden sind. Erst letztes Jahr sind vor Südafrika drei Schiffe gesunken, die ich später in Fernost mit neuem Anstrich und unter neuer Flagge wieder aufgetrieben habe. Im September ging

vor der brasilianischen Küste ein Schiff unter – wie es hieß, mit der gesamten Ladung, doch die war vorher von Bord gebracht worden. Das Schiff selber taugte nicht mehr viel. Meine Versicherung hätte bezahlen müssen, wenn wir dem Kapitän nicht auf die Schliche gekommen wären!«

»Ich bin siebzehn Jahre zur See gefahren, ehe ich Detektiv wurde. Mir sind solche Geschichten also nicht ganz fremd«, bemerkte Pepper.

»Vielleicht sollten wir doch zusammenarbeiten«, meinte Hastings nachdenklich.

Pepper nahm einen großen Schluck Bier. »Der Mann, der vermutlich dahintersteckt, heißt Breisach«, sagte er.

Die Wirkung des Namens war unverkennbar. Hastings stand unwillkürlich auf und ging, auf seinen feinen Stock gestützt, einmal um den Tisch herum, ehe er sich wieder setzte.

»Breisach – der Name ist mir bekannt.«

»Ach!«

»Ja, er hatte mal mit dem internationalen Waffenhandel zu tun.«

»Das wundert mich nicht«, entgegnete Pepper. »Breisach befehligt eine ganze Organisation. Wir nehmen schon lange an, daß er international und in den verschiedensten Branchen arbeitet.«

»Aber Sie können ihm nichts beweisen!«

»Genauso ist es.« Pepper trommelte mit den Fingern auf die Tischplatte. »Wie heißt denn das japanische Containerschiff?«

»›Sayonara‹. Es liegt übrigens noch im Hafen. Doch wie es aussieht, kann man es nicht mehr länger festhalten. Es wird wohl oder übel in den nächsten Tagen auslaufen.«

Pepper war überrascht. Er hatte nicht damit gerechnet, daß das Containerschiff noch in Hamburg war. Weder sein Freund von der Hafenpolizei noch der Beamte von der Zollfahndung hatten es ihm gesagt.

»Und von der Besatzung hat keiner geredet?«
»Die Besatzung besteht aus Philippinos. Nur die Offiziere sind Japaner und Koreaner. In der Nacht als das Schiff leergeräumt wurde, hatte die Mannschaft Ausgang bis zum Wecken. Was im übrigen nichts Ungewöhnliches ist.«
»Ja, ich weiß«, Pepper nickte. »Und die Wachen?«
»Fand man gefesselt und geknebelt im Kabelgatt. Sie waren überwältigt und eingesperrt worden. Alles was sie aussagten war, daß sie mehrere Motoren kleiner Boote gehört hatten, die vermutlich längsseits gegangen seien.«
»Barkassen?«
»Vermutlich.« Hastings sah Pepper nachdenklich an. »Ich hätte meine Ermittlungen in den nächsten Tagen abgebrochen, wenn Sie nicht aufgetaucht wären. Aber der Hinweis auf die Kartons läßt alles wieder in einem neuen Licht erscheinen. Ich war bisher überzeugt davon, daß die Ladung aus dem Freihafen auf die offene See hinausgebracht worden ist.«
»Kann ja trotzdem sein.«
»Ja, und dann?«
»Dann könnten die Kartons irgendwo an der Küste abgeladen worden sein. Mit so einer Barkasse können Sie doch an jedem Strand anlanden.«
»Alles Vermutungen«, sagte Hastings.
»So ist es immer bei unserer Arbeit. Am Anfang haben wir selten mehr als ein paar Vermutungen.«

Pepper erzählte seinen Freunden beim Mittagessen von seinem Gespräch mit Hastings. Am Nachmittag wollte er noch einmal die Zollfahndung aufsuchen.
Kaum hatte Pepper die Pension verlassen, machten sich auch Pit und Jonny auf den Weg. Arnica wollte mit Frau Scheringer ins Seewasseraquarium am Überseehafen gehen.
Pit und sein Freund hatten nichts über ihre Pläne verlauten las-

sen. Sie hatten nicht lange gebraucht, um sich zu verständigen, daß sie sich die ›Sayonara‹ einmal ansehen wollten.
Nach langem Suchen fanden sie das Schiff. Es lag an einem versteckten Pier. Zwei uniformierte Polizisten bewachten es. An Deck saßen einige Matrosen herum, sie spielten Karten oder hörten Musik.
Unentschlossen standen die beiden Jungen vor dem riesigen Schiff.
»Was tun wir jetzt?« fragte Jonny. »Wir können ja wohl nicht einfach das Fallreep hinaufklettern und die Japaner fragen, ob sie ihr eigenes Transportgut geklaut haben, um es an Breisach zu verhökern.«
Pit wußte auch keine Antwort. Er ärgerte sich, daß sie so planlos hierhergekommen waren.
Ein hochgewachsener Mann in einer strahlend weißen Uniform kam über das Fallreep herunter. Er blieb bei den beiden Jungen stehen. »Sucht ihr etwas?«
»Nein, eigentlich nicht!« Pit wunderte sich, daß der Japaner deutsch sprach.
»Nehmen Sie Schiffsjungen auf?« fragte Jonny.
Der Japaner lächelte unmerklich. »Nein, und wenn, dann ganz bestimmt keine deutschen. Im übrigen: Matrose ist ein richtiger Beruf, den man lernen muß. Ihr müßtet euch bei der Seemannsschule in Elsfleth melden.«
Pit kam aus dem Staunen nicht heraus. Der Mann sprach ein einwandfreies Deutsch. Dabei hatte der Beamte von der Zollfahndung doch zu Paul Pepper gesagt, daß keiner der Offiziere deutsch spreche.
»Sind Sie Offizier auf dem Schiff?« fragte er schnell.
»Ja, ich bin der erste Offizier, verantwortlich für das Personal und die Ladung.«
»Und wofür ist dann der Kapitän verantwortlich?« fragte Jonny.

Wieder dieses leise Lächeln.
»Dafür, daß ich alles richtig mache.« Der Japaner hob eine Hand zum Mützenschirm und ging den Pier hinunter. Die zisten grüßte er mit derselben Geste.
»Wir gehen ihm nach«, sagte Pit.
»Mann, wieso denn? Der wird vielleicht bloß was einkaufen oder ins Kino gehen.«
»Hast du einen anderen Vorschlag?«
Jonny zuckte mit den Schultern.
»Okay, folgen wir ihm.«
Sie ließen dem ersten Offizier einen großen Vorsprung und achteten dabei darauf, daß sie ihm ungesehen folgen konnten. Der Japaner schlenderte Richtung Stadt. Am Hafen nahm er die S-Bahn und fuhr bis zur Haltestelle Mönkebergstraße. Dort stieg er aus, sah sich mehrfach sichernd um und betrat ein Café. Er bestellte Tee und ein Stück Torte.
Pit und Jonny hatten gleich am Eingang des Cafés einen Tisch gefunden, der durch eine Zimmerpalme halb verdeckt war. Sie bestellten bei der Bedienung gerade zwei Kaffee, als Pit plötzlich von seinem Stuhl rutschte und halb unter dem Tisch verschwand.
»Ist dir nicht gut?« fragte die Kellnerin.
Jonny starrte auf seinen Freund hinunter.
»Was ist denn mit dir los?«
Pit machte ihm ein Zeichen und verkroch sich noch ein bißchen mehr unter dem Tisch. Ein Mann ging vorbei und verschwand im hinteren Teil des Cafés.
»Wollt ihr auch Kuchen?« fragte die Bedienung.
»Ja, zweimal Heidelbeer mit Sahne, bitte!« bestellte Jonny
Pit kam langsam wieder hoch. »Das war Oberon!«
»Was, ehrlich?« Jonny fuhr herum.
»Kein Aufsehen jetzt«, zischte Pit. »Du behältst die beiden im Auge. Ich versuche, Pepper am Telefon zu erreichen.«

Pit schlüpfte durch die Tür. Die Bedienung kam mit zwei Stück Kuchen.
»Wo ist denn dein Freund?« fragte sie und sah unter den Tisch.
»Der kommt gleich wieder. Und wenn nicht, schaff' ich auch beide Stücke.«

Pepper war weder bei Frau Hansen noch bei der Zollfahndung zu erreichen. Schließlich fiel Pit ein, daß dieser Mr. Hastings im ›Alsterhotel‹ wohnte. Er ging zur nächsten Telefonzelle und suchte die Nummer heraus.
Hastings war da. Pit fragte nach Pepper und als Hastings sagte, er erwarte ihn in einer halben Stunde, gab Pit einen kurzen Bericht. Ein Glück, daß er dabei Hastings Gesicht nicht sehen konnte; denn der Havariekommissar hielt es für ganz und gar unmöglich, daß ein Junge – und der Stimme nach handelte es sich zweifellos um einen solchen – mit Pepper an diesem schwierigen Fall zusammenarbeitete.
Pit kehrte ins Café zurück. Jonny war nicht mehr an dem Tisch neben dem Eingang. Vorsichtig schaute Pit sich um. Es verschlug ihm die Sprache: Sein Freund saß an einem Tisch direkt neben Oberon und dem Japaner und futterte ein Stück Heidelbeerkuchen mit Sahne.
»Dein Freund ist umgezogen«, sagte die Kellnerin. »Vorher hat er aber deinen Kuchen noch aufgegessen.«
»Das sieht ihm ähnlich«, knurrte Pit, »hat er wenigstens bezahlt?«
Die Kellnerin sah ihn mißtrauisch an. »Er sagte, du hättest das Geld.«
»Ach ja, stimmt ja«. Widerwillig holte Pit seinen Geldbeutel aus der Hosentasche und beglich die Rechnung. Dann schlich er wieder hinaus und suchte sich einen Beobachtungsplatz gegenüber dem Café.

Jonny ärgerte sich, daß er nicht richtig drauflosessen konnte. Denn wenn er kaute, konnte er nichts von dem verstehen, was am Nebentisch gesprochen wurde. Es waren ohnehin nur Satzfetzen, die er hören konnte.
»... nicht vor dreiundzwanzig Uhr ...«, sagte Oberon einmal. Und etwas später: »... Sie können die Ware erst auf offener See übernehmen ...«
Dann sprach der Japaner und Jonny verstand nur: »... vierunddreißigtausend auf die Zürcher Nationalbank ...«
Der Japaner schob dabei Oberon einen Zettel zu, den dieser mit einem zustimmenden Nicken in die Brusttasche seines Hemdes schob.
»Also, bis heute abend«, meinte Oberon schließlich und legte Geld auf den Tisch.
Der Japaner erhob sich und sagte: »Ich kann die Fracht jedoch nur mit Zustimmung meines Reeders übernehmen.«
»Es ist alles geregelt«, antwortete Oberon.
Jonny konnte jetzt gut verstehen, was die beiden sprachen, denn sie standen direkt an seinem Tisch.
Oberon ging schnell davon. Der erste Offizier der ›Sayonara‹ setzte sich unvermittelt Jonny gegenüber. »Du spionierst mir also nach«, sagte er.
Jonny wurde blaß. Er war sich so clever vorgekommen, hatte er sich doch auf einem raffinierten Umweg an den Tisch herangemacht und die ganze Zeit mit dem Rücken zu den beiden gesessen. Außerdem war er felsenfest davon überzeugt gewesen, daß für einen Japaner ein deutsches beziehungsweise europäisches Gesicht aussah wie das andere. Schließlich konnte er selbst japanische Gesichter auch nicht voneinander unterscheiden.
»Ich spioniere Ihnen doch nicht nach«, sagte er mit schwacher Stimme.
Der Japaner lächelte schon wieder. »Hamburg ist eine große Stadt, da ist es ganz und gar ungewöhnlich, daß du zufällig im

gleichen Café sitzt wie ich, zumal wir ja vor einer Stunde noch miteinander gesprochen haben.«

»Mir ist egal, was Sie denken«, entgegnete Jonny patzig.

»Aber mir ist nicht egal, was du tust. Also, warum bist du mir nachgegangen?«

Jonny schwieg.

Das Gesicht des Japaners veränderte sich. »Es gibt Mittel, dich zu zwingen, die Wahrheit zu sagen.«

Jonny grinste: »Hier, mitten in Hamburg, in einem vollbesetzten Café?«

»In diesem Café befinden sich ein paar Vertrauensleute von mir«, zischte der Japaner. »Sie werden dich nicht aus den Augen lassen. Die Gelegenheit, wo sie dich schnappen können, kommt schneller als du denkst.«

»Bangemachen gilt nicht«, sagte Jonny und merkte dabei, daß er es mit der Angst zu tun bekam. Wenn doch wenigstens Pit da wäre. Der erste Offizier stand auf.

»Kennst du den Mann, mit dem ich eben gesprochen habe?«

»Keine Ahnung, wer das ist.«

»Wie heißt du?«

»Johannes.«

»Und weiter?«

»Und wie heißen Sie?«

»Mein Name ist Tanaka.«

»Bergemaier«, stellte sich nun auch Jonny vor.

Der Japaner beugte sich weit über den Tisch. »Und dein Vater ist Journalist?«

Jetzt verschlug es Jonny vollends die Sprache. Der Mann war ihm mehr als unheimlich.

»Wo... woher... woher wissen Sie...?« stotterte Jonny.

»Dein Vater ist ein bekannter Journalist!«

»Aber nicht in Hamburg und schon gar nicht in Japan.«

»Nun, du siehst, ich weiß viel, und ich habe gute Verbindungen.

Es gibt immer wieder Söhne, die ihren Vätern nacheifern. Wahrscheinlich bist du auch so einer. Aber das ist in diesem Fall ein Fehler, glaub mir. Am besten fährst du sofort dahin zurück, wo du hergekommen bist.«
Der Japaner machte eine kleine Verbeugung und verließ das Lokal. Er trat jedoch nicht gleich auf die Straße hinaus, sondern blieb vor der Tür stehen und suchte mit den Augen die Gegend ab. Daß er nichts Verdächtiges feststellen konnte, lag allerdings daran, daß Pit schlauer war als der Schiffsoffizier wohl annahm.
Der Junge stand in einem Schallplattengeschäft, durch dessen Schaufenster er den Eingang des Cafés beobachten konnte. Er war leicht über eine Plattentheke gebeugt und hatte mehrere Plattenhüllen in der Hand. Als er die weiße Uniform nur schemenhaft vor der Tür des Cafés entdeckte, ging er automatisch ein wenig zurück. Jetzt sah er, daß der Japaner suchend umherblickte.
Der erste Offizier mußte Jonny entdeckt haben, überlegte Pit. War ja auch leichtsinnig von seinem Freund, sich so dicht an den Tisch heranzuwagen. Wenn Jonny mit von der Partie war, mußte man immer mit Ärger rechnen.
Der Japaner trat auf die Straße hinaus und winkte einem Taxi. Erst als der Wagen davongefahren war, steckte Pit die Schallplatten wieder an ihren Platz zurück und verließ das Geschäft. Er überquerte die Straße und wollte gerade ins Café hineingehen, da kam ihm auch schon Jonny entgegen. Er war sichtlich aufgeregt. Ein paar Schritte hinter Jonny folgte ein dünner, langer Mann in einem alten Trenchcoat. Er blieb stehen und zündete sich umständlich eine Zigarette an. Er spielte eine Weile mit dem abgebrannten Streichholz und schnippte es dann weg.
Jonny wollte schon loslegen, aber Pit ging an ihm vorbei und ins Café hinein. Diesmal schaltete Jonny richtig, zumal Pit ihm einen warnenden Blick zugeworfen hatte.

Jonny trat auf die Straße hinaus. Sofort setzte sich der lange, dünne Mann wieder in Bewegung.
»Ach, entschuldigen Sie...« sagte Pit.
»Keine Zeit!« knurrte der Mann.
Pit vertrat ihm den Weg. »Ich wollte Sie nur fragen...«
»Geh zur Seite!«
»Warum sind Sie denn so unfreundlich, ich habe doch gar nichts...«
»Mach' endlich Platz!«
Der Mann packte Pit am Oberarm und wollte ihn wegschieben. Doch Pit wich nicht von der Stelle.
»So was ist mir auch noch nicht passiert«, sagte er mit gespielter Empörung.
Der Mann antwortete nicht, sondern stieß Pit nun brutal zur Seite und rannte zur Tür hinaus.
Vor der Glastür blieb der Lange stehen und suchte die Gegend mit gerecktem Hals ab. Von Jonny keine Spur. Pit grinste, als er sah, wie der Mann wütend aufstampfte.

Jonny hatte sofort zu rennen begonnen, als er das Caféhaus verlassen hatte. Er lief in eine Ladenpassage, verschwand in einem Kaufhaus, hastete die laufende Rolltreppe hinauf und verschwand in einer Abteilung für Computerspielzeug, die sich im ersten Stock befand. Von hier hatte man einen guten Blick auf die Mönkebergstraße. Jonny entdeckte den langen, dünnen Mann, der noch immer suchend herumlief.
Jetzt riß er sich förmlich die Zigarette aus dem Mund und warf sie wütend auf den Boden. Offensichtlich gab er auf. Einigermaßen erleichtert und ziemlich weich in den Knien, blieb Jonny am Fenster stehen. Auf einmal sah er Pepper die Straße entlangkommen. Pit schien auf den Detektiv gewartet zu haben; denn er trat rasch aus einem Hauseingang hervor und begann, sofort auf Pepper einzureden. Jonny verließ seinen Beobach-

tungsplatz und hastete die Rolltreppe hinunter. Er erreichte die beiden gerade noch am Eingang zur U-Bahn.

Nelli Hansen hatte ein urgemütliches Wohnzimmer, in dem sie ihren Gästen auch das Frühstück servierte. Hier saßen sie am Abend um den runden Tisch unter der tief hängenden Lampe und sprachen über die Ereignisse des Tages. Frau Scheringer hatte in ihrer steilen, schönen Schrift die Sätze untereinander geschrieben, an die sich Jonny noch erinnerte:

Nicht vor 23.00 Uhr ...

Sie können die Ware erst auf offener See übernehmen ...

84.000.- auf die Züricher Nationalbank ...

Also bis heute abend.

Ich kann die Fracht aber nur mit Zustimmung meines Reeders übernehmen ...

Es ist alles geregelt!

Pepper zog den Zettel zu sich her und sagte: »Also, ich kann mir das nur so erklären: Die auslaufende ›Sayonara‹ soll irgendwelches illegale Gut an Bord nehmen, und zwar nicht vor dreiundzwanzig Uhr und auch nicht hier im Hafen, sondern irgendwo draußen auf See. Dieser Tanaka kassiert dafür vierunddreißigtausend Mark. Er will das Geld aber nicht bar und auch nicht auf das Konto bei seiner Bank in Kyoto, sondern auf ein Schweizer Nummernkonto bei der Zürcher Nationalbank. Der Zettel, den der Japaner Oberon zugeschoben hat, enthielt vermutlich die Nummer des Geheimkontos.«
Niemand widersprach, denn einen anderen Schluß konnte man aus den wenigen Satzfetzen nicht ziehen. Auch Mr. Hastings, der später dazukam und sich sehr über Peppers Mannschaft wunderte, kam zu keinem anderen Ergebnis.
»Ich denke, wir sollten uns ein Boot mieten und dem Containerschiff ›Sayonara‹ folgen, sobald es den Hafen verläßt«, sagte Hastings.
»Kann man denn ein Schiff verfolgen wie ein Auto?« fragte Frau Scheringer überrascht.
»Nun, ganz so einfach ist es nicht. Denn das Containerschiff wird uns bald ausmachen. Auf seinem Radarschirm sind wir ja zu sehen. Außerdem wird man unseren Kahn wahrscheinlich sogar von der Brücke aus beobachten können. Es hängt ein bißchen davon ab, wie wendig unser Boot ist und wie gewitzt der Kapitän.«
»Da wüßte ich einen«, sagte Nelli, die gerade mit einem großen Krug Punsch in das gemütliche Zimmer kam. »Der Hein Lück ist mit allen Seewassern gewaschen, die es auf der Welt nur gibt.«
»Hat er denn auch ein Schiff?«
»Aber ja doch, er ist Skipper auf einer Yacht, die einem reichen Mann aus München gehört. Wir haben schon so manchen Turn außer der Reihe gemacht.«

»Und kann er da einfach so mit rumschippern?« fragte Pepper überrascht.
»Ja sicher, der Schiffseigner hat ihm das extra erlaubt. ›Ein Seemann kann nicht nur rumhängen und die Planken schrubben‹, hat er gesagt, ›der muß immer mal wieder raus auf See.‹ Und das macht denn der Hein auch, so oft er kann und einen guten Grund dafür hat. Und wenn das kein guter Grund ist, was ihr da vorhabt...!« Nelli goß ein.
Hastings schaute auf die Uhr. »Wir sollten dann aber langsam mit unseren Vorbereitungen beginnen«, sagte er. »Vor allem müssen wir rauskriegen, ob dieser Lück überhaupt mitmacht.«
Pepper nickte. »Bring uns den Hein Lück mal her, Nelli!«

Hein Lück mußte sich bücken, als er durch die Tür in Nellis gute Stube trat. Er war gut zwei Meter groß und sein Gewicht schätzte Pit auf mehr als zwei Zentner. Lück hatte ein freundliches, ovales Gesicht, das von einem schönen, schwarzen Backenbart eingerahmt wurde. Zwischen seinen Lippen hing eine niedliche, kleine Stummelpfeife, aus der eine würzig riechende Rauchfahne hochstieg. Hein Lück sagte »Tach auch!« Und setzte sich.
Pepper sah den Riesen an und wußte sofort, daß er sich mit Hein Lück ohne viel Reden verstehen würde. Er erläuterte dem Skipper in knappen Worten, worum es ging, und Hein Lück sah den Detektiv dabei nur unverwandt an.
Als Pepper fertig war, sagte der Seemann: »Ich bin schon ein paarmal für die Leute von ›Greenpeace‹ gefahren, immer dicht ran an die Tanker, die 'ne Menge Dünnsäure im Meer verklappt haben. Das waren bestimmt keine angenehmeren Kunden als euer Japaner. Ich hab' ein erstklassiges Radargerät an Bord. Wenn ich den Japaner erst mal da drin hab', kreise ich ihn ein, ohne daß er was davon merkt.«
»Sehr gut«, meinte Pepper.

Hastings, der die ganze Zeit nervös mit seinem teuren Ebenholzstock gespielt hatte, sagte: »Das klingt ein bißchen einfach, nicht wahr?«
»Lassen Sie man«, sagte Hein Lück gut gelaunt, »kompliziert wird's nachher ganz von selbst.«

Eine Sturmnacht auf See

Am Abend schlug das Wetter um. Zuerst kam eine steife Brise auf, die schnell zunahm. Dann zogen in schneller Fahrt erste helle, dann immer dunkler werdende Wolken über den Himmel. Als sie zu der Yacht gingen, die geschützt in einem Kanal lag, warf Hein Lück einen Blick zum Himmel hinauf. »Da braucht's seefeste Mägen«, sagte er und sah Pepper von der Seite an.
»Ich bin siebenmal um Feuerland«, gab Pepper zurück. Unwillkürlich blieb Lück stehen.
Pepper winkte ab als ob dies nichts Besonderes wäre.
»Ich war siebzehn Jahre unterwegs, und zwar mit der ›Inne‹ und der ›Hoffnung‹.«
»Forschungsschiffe!« sagte Hein Lück.
»Ja«, antwortete Pepper.
Dann schritten sie wieder eine Weile nebeneinander her.
»Und die Kinder?« fragte Hein Lück schließlich.
»Heranwachsende heißt das jetzt!«
Hein Lück mußte lachen. »Trotzdem, was machen die bei steifer See?«
»Wir werden's erleben«, entgegnete Pepper.

»Aber die alte Dame sollten wir zurückschicken.«
Jetzt lachte Pepper. »Das versuchen Sie mal, Hein Lück!«
Die Yacht hieß ›Marietta‹ und war ein komfortables Boot mit einem starken Dieselmotor.
»Damit fahre ich jedem davon«, sagte Hein Lück.
»Mhm!« machte Pepper nur.
Die Kabine war mit wunderschönen alten, englischen Möbeln eingerichtet. Sieben Kajüten standen zur Verfügung. Auf der Brücke warteten drei elegante Ledersessel auf Hein Lück, Pepper und den Havariekommissar.
»Zweiundzwanzig Uhr«, sagte Hein Lück, »wie geplant.«
Er warf die Maschine an, und Pit holte die Leinen ein. Das Wasser war unruhig und schlug selbst im geschützten Kanal in kurzen, harten Wellen gegen die Bordwand.
»In der Bar ist ein guter, alter Genever«, rief Hein Lück der Alten zu. »Gut gegen die Seekrankheit.«
»Ich werde nicht seekrank.« Frau Scheringer stieß mit der Spitze ihres Stockschirms auf die Planken. »In meinem Alter kriegt man Rheuma oder Gicht, aber der Magen dreht sich nicht mehr um!«
Der Motor heulte auf. Pit stieß die Yacht von der Mauer ab. Langsam glitt das Boot den Kanal hinunter Richtung Außenalster. Sie erreichten die Elbe und fuhren mit halber Kraft dem Meer entgegen.
»Wenn nun Jonny alles falsch verstanden hat?« fragte die Alte, die kurz nach dem Auslaufen auf die Brücke gestiegen war.
»Dann haben wir eben eine Spazierfahrt gemacht«, gab Pepper gelassen zurück.
Der Havariekommissar hatte lange geschwiegen. Jetzt sagte er: »Es war ein Fehler, die Polizei und die Zollfahndung nicht zu verständigen.«
Pepper schüttelte den Kopf. »Ich hab' so meine Erfahrungen. Ich war nämlich nicht nur bei der christlichen Seefahrt, sondern

auch ein paar Jahre bei der Polizei – Beamtenanwärter nannte sich das. Bevor die mich fest vereinnahmt haben, bin ich wieder abgesprungen. Jetzt aber mal im Ernst: Glauben Sie, daß ein Polizist auf Jonnys Bericht hin auch nur einen Finger krumm gemacht hätte? Da habe ich ganz andere Erfahrungen. Und überhaupt reicht das immer noch. Wir haben ja eine Super-Funkausstattung auf diesem teuren Kahn.«

Hastings hatte sich damit abgefunden, daß bei dieser Operation Pepper das Kommando hatte. Deshalb sagte er auch jetzt nur: »It's your turn, Mr. Pepper – es ist Ihr Vorhaben!«

Pepper nickte bloß.

»Am besten legen wir uns hier irgendwo auf die Lauer«, meinte Pepper.

»Aye, aye, Sir«, sagte Hein Lück und stellte den Motor ab.

Arnica, Pit und Jonny hatten es sich in der fein eingerichteten Kabine gemütlich gemacht.

Jonny war sauer. »Daß die mich von der Brücke verbannt haben, verzeihe ich Pepper nie. Ohne mich wüßten die doch gar nicht, was da heute nacht laufen soll.«

Pit versuchte, den Freund zu beruhigen: »Jeder muß seinen Job machen. Du kannst nun mal kein Schiff steuern. Und wer das nicht kann, ist dort oben eben fehl am Platz.«

»Aha«, giftete Jonny, »ich wußte gar nicht, daß die Alte ein Schiff steuern kann!«

»Kann ich auch gar nicht!« Frau Scheringer erschien in der Tür. »Und deshalb haben die mich auch hier runtergeschickt.«

Hein Lück hielt das Boot dicht unter Land. Er kannte die Außenelbe wie seine Hosentasche und wußte deshalb, wo das Wasser tief genug war, um außerhalb der Fahrrinne bleiben zu können. Der harte Wind rüttelte an den Tauen und Streben und erzeugte seltsame Töne – so, als ob jemand ein fremdländisches Saiteninstrument spielte.

Die drei Männer auf der Brücke sprachen nur wenig. Hein

Lück und Pepper nuckelten an ihren Pfeifen. Hastings drehte unablässig seinen Ebenholzstock in den Händen.
»Viele werden bei dem Wetter nicht auslaufen. Kann leicht Windstärke zehn oder mehr werden«, sagte Hein Lück.
Dann schwiegen sie wieder.
»Zweiundzwanzig Uhr und siebenundfünfzig Minuten«, sagte eine Viertelstunde später Paul Pepper.
Und wieder sprach danach lange niemand.
Endlich richtete sich Hein Lück ein wenig auf.
»Das könnte er sein.«
»Ich sehe nichts«, meinte Hastings.
»Der fährt unter viel zu schwacher Befeuerung«, meldete sich Pepper. »Ein schwarzer Koloß in der schwarzen Nacht.«
»Geladen hat er jedenfalls nicht«, sagte Hein Lück. »Er liegt nämlich verdammt hoch im Wasser.«
»Ah, da, jetzt sehe ich ihn auch!« rief Hastings.
Das große Containerschiff stampfte gegen die Wellen stromabwärts. Der riesige, schwarze Schiffskörper schob sich wie im Zeitlupentempo an der schlanken Yacht vorbei.
»Die müssen uns doch sehen«, sagte Hastings.
»Und ob die uns sehen, aber da sie nicht wissen, wer wir sind und warum wir hier liegen, wird nichts passieren.«
Das Nebelhorn des Containerschiffes tutete laut, als ob der Kapitän die Yacht steuerbord warnen wollte.
Hein Lück tippte mit der Hand an den Schirm seiner speckigen Mütze und brummte: »Tute du nur, solange du von Tuten und Blasen keine Ahnung hast!«
Langsam verschwammen die Konturen des großen Schiffes mit dem gleichmäßigen Grauschwarz von See und Himmel.
Hein Lück steuerte sein Boot zur Strommitte. Dann sagte er zu Pepper: »Wenn Sie mal den Steuermann machen, kümmere ich mich um's Radar.«
Sie hielten einen gleichbleibenden Abstand von gut vier See-

meilen, und sobald sie das offene Meer erreichten, gab Hein Lück Anweisung, nach Backbord abzufallen.
»Sie sollen ruhig glauben, daß wir in Richtung Ostfriesland wollen, falls sie uns überhaupt beobachten«, sagte er.
Das Containerschiff änderte seine Richtung leicht nach Osten.
»Sieht so aus, als ob sie nach Helgoland wollten oder zu einer der nordfriesischen Inseln«, meinte der Skipper der Yacht ›Marietta‹.
»Dann wird aber unser Abstand zu groß!« rief Pepper.
Hein Lück schüttelte den Kopf. »Wir schlagen einen weiten Bogen und umkreisen sie wie ein Hund die Schafherde.«
Solange sie noch verhältnismäßig dicht unter Land gefahren waren, hatte der hohe Seegang ihnen kaum zugesetzt. Jetzt aber, als Pepper die Yacht auf die offene See hinaussteuerte, packte der aufkommende Sturm zu. Der Detektiv brauchte seine ganze Kraft, um das Steuer zu halten. Das leichte Schiff wurde wie ein Spielball hin und hergeworfen.
In der Kabine stürzte Jonny von dem Ledersofa, auf dem er es sich bequem gemacht hatte. Aus dem Weinglas, das Frau Scheringer in der Hand hielt, schwappte die Flüssigkeit. Arnica klammerte sich angstvoll an Pit fest, der daraufhin sagte: »Ein kleiner Sturm, weiter nichts. Ihr müßt euch nicht fürchten.«
Doch fünf Minuten später war es Pit so schlecht, daß er gar nichts mehr sagen konnte.
Oben auf der Brücke stand Pepper breitbeinig am Steuer, die Pfeife noch immer zwischen den Zähnen. Er hatte das Schiff nun voll im Griff. Hein Lück sah vom Radarschirm auf, musterte den alten Detektiv und nickte anerkennend. Auch Havariekommissar Hastings schien mit derartigen Wetterverhältnissen auf See vertraut zu sein. Völlig gelassen stand er neben Pepper und schaute mit stoischer Ruhe durch die Scheiben der Brücke, die voller Gischtwasser waren, nach vorne.
»Drei Strich Backbord!« schrie Hein Lück.

Pepper befolgte den Befehl und schrie zurück: »Etwas besseres als dieses Wetter hätte uns gar nicht passieren können. Die achten bestimmt nicht mehr auf uns!«

Damit hatte Pepper absolut recht. Das Containerschiff ›Sayonara‹ fuhr mit kleiner Besatzung. Zudem hatte der erste Offizier, Tanaka, alle Mühe, den alten Kapitän davon zu überzeugen, daß sie auf dem richtigen Kurs waren.
Der Kapitän Shuiko hatte keine Ahnung von den Geschäften Tanakas. Er glaubte noch immer daran, daß sein Schiff im Hamburger Freihafen überfallen worden war. Er selbst erinnerte sich nur noch daran, wie er plötzlich von hinten niedergeschlagen worden war. Als er wieder zu sich kam, saß er gefesselt in seinem Sessel. Tanaka lag – ebenfalls gefesselt – vor ihm auf dem Boden. Shuiko wunderte sich lediglich, daß sein erster Offizier selbst in dieser Situation noch zufrieden zu lächeln schien. Man konnte die Gleichmütigkeit auch übertreiben.
Tanaka war auf diesem Schiff längst der eigentliche Chef. Das war auch Shuiko klar. Aber er genoß die Situation. Tanaka machte die Arbeit, kümmerte sich um alles, schien dem alten Kapitän jeden Wunsch von den Augen abzulesen und arbeitete zur absoluten Zufriedenheit des alten Shuiko, der alleine gar nicht mehr in der Lage gewesen wäre, ein Schiff zu führen.
Verdacht hatte Shuiko bisher nicht geschöpft. Aber als sie an dem Abend ohne Ladung ausgelaufen waren, wunderte er sich doch. Tanaka hatte ihm zwar erklärt, die Versicherung werde auch dafür aufkommen, daß sie die Rückreise leer antreten müßten, aber vor einer Viertelstunde hatte der erste Offizier plötzlich von einer Ladung gesprochen, die man auf See übernehmen werde.
»Ladung, was für eine Ladung?« fragte der Alte.
Tanaka hatte wie immer gelächelt. »Eine, die uns sehr viel Geld einbringt.«

»Uns oder der Reederei?« fragte Shuiko.
»Uns *und* der Reederei. Wir werden allerdings gezwungen sein, einen Hafen in Ostafrika anzulaufen, um die Ladung zu löschen.«
Nun, so vertrottelt war der alte Shuiko dann auch wieder nicht. Er konnte immerhin noch zwei und zwei zusammenzählen. Und die Rechnung war in diesem Fall nicht schwierig. Wenn Ladung auf offener See und noch dazu bei solchem Wetter übernommen wurde, handelte es sich um illegale Waren. Wenn es sich aber um Waren für einen Empfänger in Ostafrika handelte, konnten es nur Waffen für eine der Befreiungsbewegungen dort sein. Shuiko wußte, daß man Waffen nur befördern und ausliefern durfte, wenn man im Besitz eines sogenannten ›Endverbraucherzertifikats‹ war. Und das mußte von einer offiziellen Regierung stammen. Als er das zu Tanaka sagte, nickte dieser nur mit seinem asiatischen Lächeln.
Shuiko beschloß, alles genau zu beobachten. Der Gedanke, daß sein erster Offizier unter seinen Augen illegale Geschäfte betrieb, war ihm keineswegs behaglich. Wenn der Reeder dahinterkam, verlor er, Shuiko, das Gesicht. Nichts wäre für ihn auf seine alten Tage schlimmer gewesen.
Einstweilen fuhr das Containerschiff bei schwerer See weiter Kurs Nord-West. Shuiko ließ sich vom Wachhabenden die Position durchgeben. Sie befanden sich nur noch sieben Seemeilen vor Helgoland. Und in diesem Augenblick stoppten die Maschinen.
Es war unmöglich, bei so schwerer See die Anker zu werfen, zumal der Untergrund felsig war. Shuiko hörte draußen Stimmen. Er stemmte sich aus seinem bequemen Sessel und drückte die Kabinentür gegen den Wind auf. Ihm bot sich ein gespenstisches Bild. Tanaka hatte alle Scheinwerfer auf die Leeseite des Schiffes richten lassen. Dort tanzte eine kleine Armada aus Küstenbooten auf den Wellenkämmen.

Sie hatten ihre Seile bereits herübergeworfen. Und alle Männer an Bord der ›Sayonara‹ waren damit beschäftigt, die kleinen, seetüchtigen Boote heranzuziehen, während Tanaka selbst den Laderaum so in Stellung brachte, daß er mit dem Kran die Boote steuerbord erreichen konnte. Unwillkürlich mußte Shuiko seinen ersten Offizier bewundern. Das war ein Meisterstück, in der Tat, wie er bei dieser schweren See manövrierte und überdies nicht für eine Sekunde die Ruhe und den Überblick verlor.
Der Kranhaken senkte sich zum ersten Mal und hob gleich darauf eine schwere Kiste an Bord. Das Frachtgut schwankte zwar bedrohlich im Sturmwind, wurde aber sicher an Deck gezogen und in die vorderste Ladeluke bugsiert.

»Seh sich das einer an«, sagte im selben Augenblick Hastings und nahm sein starkes Nachtglas von den Augen. »Die laden, als ob schönes Wetter wäre und kein Wind ginge.«
Pepper lachte. »Auch bei den Gangstern sind nur die Besten erfolgreich.«
Hastings warf ihm einen vernichtenden Blick zu, was Pepper freilich nicht bemerkte, denn nun hatte er das Nachtglas vor die Augen gehoben. »Wenn das nicht Waffen- und Munitionskisten sind, will ich nicht mehr Paul Pepper heißen.«
»Sie können Ihren Namen behalten«, sagte Hein Lück. »Dem Japaner können wir nichts anhaben, aber wir werden uns die Schiffe, die die Ladung gebracht haben, nachher aus der Nähe ansehen.«
Er drückte den Hebel auf ›Volle Fahrt‹, der Bug der Yacht stieg aus dem Wasser und pflügte sich einen Weg durch die aufgewühlte See.
»Wohin fahren Sie?« fragte Hastings.
»Im weiten Bogen um die Herde, damit ich die Schafe auf dem Heimweg nicht verpasse.«

»Mein Gott«, stöhnte unten in der Kabine Pit, »was ist denn jetzt wieder los?«
»Wir nehmen wieder Fahrt auf«, sagte Frau Scheringer.
»Spüren Sie denn nichts?« fragte Pit die Alte.
»Genausowenig wie die zwei!« Frau Scheringer deutete auf Jonny und Arnica, die friedlich eingeschlafen waren, nachdem sie ihnen eine Beruhigungstablette gegeben hatte. »Du hättest ja auch eine Tablette nehmen können«, sagte sie zu Pit.
»Nein, ich stehe das durch«, erwiderte Pit, obwohl seine Gesichtsfarbe von gelb nach grün gewechselt hatte.
Nach Mitternacht flaute der Sturm ein wenig ab.
Hein Lück hatte einen großen Bogen gefahren und hielt sein Boot nun zwischen der Küste von Helgoland und dem japanischen Schiff.
»Was da draußen geschieht, kann niemand verhindern«, sagte er zu Hastings. »Das ist außerhalb jedes Hoheitsgebietes.«
Der Havariekommissar nickte. Niemand wußte es besser als er.

Zu diesem Zeitpunkt senkte sich draußen auf dem japanischen Schiff die letzte Kiste in den Bauch der ›Sayonara‹. Tanaka, der hoch aufgerichtet am Ladebaum stand, hob den Daumen der rechten Hand und grüßte dann militärisch mit der Hand am Mützenschirm. Die kleinen Boote verschwanden schnell aus dem Lichtkreis der Scheinwerfer. Der erste Offizier überwachte selbst, daß die Luken richtig geschlossen wurden und begab sich dann zu seinem Kapitän in dessen Kajüte.
Shuiko saß ruhig in seinem Sessel. Auf dem Tisch brannte eine Räucherkerze, vor sich hatte der alte Seemann eine Flasche japanischen Pflaumenweins stehen. Er musterte Tanaka lange und sagte dann: »Sie mißbrauchen mein Schiff!«
Tanaka verbeugte sich tief. »Sie werden siebzigtausend Yen erhalten.«
Unwillkürlich richtete sich der alte Kapitän auf.

»Und was muß ich dafür tun?«
»Schweigen!«
»Nun«, sagte Shuiko, »ich denke, das werde ich schaffen.«
Tanaka lächelte und setzte sich unaufgefordert, was er sonst nie tat. Shuiko war die Unbotmäßigkeit seines ersten Offiziers nicht entgangen. Aber er wußte auch, daß er diesen Mangel an Ehrerbietung jetzt nicht mehr rügen konnte.
Sein Schiff machte bereits wieder volle Fahrt und hatte den Bug nun nach Westen gerichtet.

Die Boote liefen in Keilform auf die Insel Helgoland zu. Hein Lück wich ihnen aus. Allerdings nur so weit, daß er sie im Auge behalten konnte.
»Genau, wie ich dachte«, sagte er mehr zu sich selber als zu den anderen. »Die sind hier zu Hause.«
Pepper rief leise: »Können Sie mich irgendwo an Land bringen?«
»Das ist bei der Insel nicht so einfach«, antwortete Hein Lück. »Außerdem wäre ich gerne mit von der Partie.« Hein Lück lachte leise. »Über Helgoland hab' ich alles in der Schule gelernt und nie vergessen, weil wir einen Lehrer hatten, der das so schön erzählen konnte. Also: Helgoland heißt ursprünglich Heiligland und ist eine Felseninsel mit 0,9 km^2 Fläche und etwas über dreitausend Einwohnern. Wenigstens waren es damals so viele, als ich noch zur Schule ging. Die Insel besteht aus Sandstein, der aus dem Meer hochgepreßt worden ist. Das sogenannte Oberland ist immerhin zweiundsechzig Meter hoch und hat steile Kliffkanten, die senkrecht abfallen und heute schon mit Betonmauern gestützt werden müssen, weil sie sonst langsam ins Wasser bröckeln würden. Davor liegt die sogenannte Brandungsterrasse, wo's jede Menge Hummer gibt. Die sind dort geschützt und dürfen nicht in den Kochtopf wandern! Der Hafen liegt im sogenannten Unterland, davor hat man

Land aufgeschüttet. Getrennt von der Hauptinsel liegt die Düne. Dort ist auch der Flugplatz.«
Pepper hob den Kopf. »Was, auf Helgoland gibt's einen Flugplatz?«
»Wußten Sie das nicht?«
»Nein.«
»Ich bin noch nie rübergeflogen«, sagte Hein Lück, »bin ja schließlich Seemann, nicht wahr? Aber es muß schon ein Erlebnis sein. Da können nämlich nur Maschinen landen, die eine extrem kurze Start- und Landebahn brauchen. Meistens fliegt man mit kanadischen Hochdeckern.«
»Wir sind gleich da«, sagte Hastings.
Vor ihnen tauchte die Steilküste auf.
»Wir fahren zum Nordhorn«, sagte Hein Lück. »Da können Sie den ›Hengst‹ sehen, einen Felsturm, in dem noch Lummen nisten.«
»Wir sind nicht zur Besichtigung der Insel gekommen«, entgegnete Hastings streng.
»Also ich bin immer froh, wenn ich was lernen kann«, sagte Pepper. »So habe ich zum Beispiel jetzt erfahren, daß es hier einen Flughafen gibt. Das ist für meine Ermittlungen bestimmt nicht unwichtig.«
»Aber wenn Sie auf der Düne sind, sind Sie noch lange nicht auf Helgoland«, wandte Hein Lück ein. »Man muß nämlich per Boot auf die Hauptinsel rübergebracht werden. Das sind anderthalb Kilometer Weg, die manch einem bei schwerer See allerdings viel, viel länger vorkommen.«
Der Kiel der Yacht lief auf Sand auf.
»Dort vorne gibt's eine Treppe zum Oberland«, sagte Hein Lück.
In diesem Augenblick streckte Pit seinen Kopf durch die Kabinentür. »Wo sind wir?« fragte er mit schwacher Stimme.
»Auf Helgoland!« antwortete Pepper.

»Mein Gott, ist mir schlecht. Wann hört es denn endlich auf zu schwanken?«
Hein Lück lachte. »Es hat vor zwei Minuten aufgehört. Aber selbst wenn du jetzt an Land gehst, wirst du noch eine Weile denken, daß die Insel unter dir schwankt. So schnell kann sich nun mal der menschliche Körper nicht umstellen. Und wer weiß, wofür das gut ist.«
»Gehen wir!« sagte Hastings.
»Kann ich mitkommen?« fragte Pit.
»Nein!« sagte der Engländer scharf.
»Aber sicher«. Pepper legte seine Hand auf den Arm des Havariekommissars. »Peter Küster hat viel Erfahrung mit kniffeligen Situationen. Und manchmal kann man einen Jungen, der schnell und ausdauernd laufen kann, gut gebrauchen.«
»Und wer paßt auf das Schiff auf?« fragte Hein Lück.
»Das mache ich!« tönte Frau Scheringers Stimme von der Kabine her.
Pepper grinste. »Da können Sie mal sehen. Auf meine Truppe ist Verlaß!«

Entscheidung auf Helgoland

Die Steinstufen waren steil und vom Brandungswasser glitschig geworden. Hein Lück stieg dennoch mit festen, gleichmäßigen Schritten hinauf. Mehr als sechzig Meter Höhenunterschied – so viel wie fünfundzwanzig Stockwerke in einem Wolkenkratzer. Sie waren ziemlich außer Atem, als sie oben ankamen. Der Sturm hatte weiter nachgelassen und die Wolken am Himmel lichteten sich. Ab und an kam schon der Mond zum Vorschein. Eine sanfte, dunstige Helligkeit hatte sich über die Felseninsel gelegt.

Als sie das Oberland erreicht hatten, überquerten sie schnell die Insel. Sie mußten durch's Dorf, um zum Südhafen zu kommen, vor dem noch der Vorhafen lag, der durch weit ins Meer hinausgezogene Molen geschützt wurde.

Sie waren keine Minute zu früh. Tief unter ihnen liefen die Boote in das Hafenbecken ein. Links von ihnen sahen sie die Düne, auf der ein Leuchtturm seinen rotierenden Lichtstrahl aussandte.

Das Dorf lag in tiefem Schlaf. Pepper deutete mit dem Daumen über die Schulter nach hinten. »Wenn die wüßten…« sagte er.

»Ein paar werden es wissen«, antwortete Hein Lück.

»Damals als der Klaus Störtebeker und Goedecke Michels hier ihre Piratennester hatten, wußten es die Helgoländer auch. Doch sie haben die Freibeuter gedeckt, weil sie sich von den Herren auf dem Festland vernachlässigt gefühlt haben.«

Im Hafen wurden die Boote vertäut. Die Männer stiegen müde herauf.

»Was nun?« fragte Hein Lück.

»Wir werden sie beobachten, weiter nichts«, sagte Pepper und Hastings stimmte ihm zu: »Das hier sind Leute, die für ein paar Mark eine Fracht abgeliefert haben. Vermutlich bekommen sie einen Erschwerniszuschlag. Aber sie werden uns nicht weiterhelfen können. Wir müssen wissen, wer die Hintermänner sind.«

»Ich denke, daß ich das weiß«, sagte Pepper, »nur überführen muß ich die Ganoven noch.«

Hein Lück gefiel das nicht besonders. »Heißt das, wir legen die Hände in den Schoß?«

»Nicht unbedingt«, entgegnete Pepper. »Wir werden die Schiffer im Auge behalten. – Pit!«

Pit antwortete nicht, sondern verschwand katzenartig in der Dunkelheit.
»Sie schicken diesen Jungen?« Hastings Stimme klang entsetzt.
»Lassen Sie mal, der macht das schon. Er soll ja nur beobachten, wo die Schiffer hingehen und ob sie noch jemanden treffen.«
»Und wir?«
»Wir warten hier!«
»Also hören Sie«, fuhr Hastings auf, »das ist nicht mein Stil...«
Er wurde von einem erst leisen, dann schnell anschwellenden Motorengeräusch unterbrochen.
»Ein Flugzeug«, sagte Pepper.
»Ob es hier landet?« fragte Hastings.
Hein Lück schüttelte den Kopf. »Nachts gibt es hier keinen Flugverkehr.«
Jetzt war das Geräusch schon so laut, daß sie sich nicht mehr verständigen konnten. Die Maschine schien aber wieder abzudrehen, denn jetzt wurde der Motorenlärm wieder leiser.
»Es dreht eine Runde über der Insel«, sagte Hein Lück.
Doch schon näherte sich das Flugzeug wieder. Nicht sehr hoch über ihren Köpfen flammten plötzlich zwei starke Scheinwerfer auf. Unwillkürlich schreckten alle drei Männer zusammen.
»Unheimlich ist das«, sagte Hastings, als die Maschine über ihre Köpfe hinweggedonnert war. »Plötzlich erscheinen Lichter am Himmel und kommen direkt auf einen zu.«
Die Landebahn des kleinen Flugplatzes auf der Düne war jetzt schon von den Flugzeugscheinwerfern angestrahlt. Die Maschine wurde exakt aufgesetzt. Kurz darauf war das donnernde Geräusch des Gegenschubs zu hören.
»Immerhin ein kleiner Düsenjet«, sagte Hein Lück. »Die landen normalerweise nicht hier. Muß ein ganz besonderer Pilot sein.«
»Vielleicht ein Finne«, ließ sich Hastings hören, »die landen

und starten auf jeder Piste und bei jedem Wetter, sagt man.«
Der Jet startete bereits wieder, ohne die Motoren abgestellt zu haben.
»Der hat nur jemanden aussteigen lassen«, sagte Pepper, »jetzt wird's spannend, jetzt spitzt sich die Sache zu!«
Der kleine Jet raste auf das Meer zu. Am Ende der Landebahn befand sich eine etwa fünfzehn Meter hohe Klippe. Das Flugzeug hob ab wie ein Skispringer vom Schanzentisch.
»Alle Achtung«, staunte der Engländer.
»Ganz Ihrer Meinung«, sagte Pepper.
»Gehen wir«, meinte Hein Lück lakonisch. Er hatte gesehen, wie drüben am Dünenhafen ein Boot losgemacht wurde.
Pepper hob das Nachtglas an die Augen. »Zwei Männer und der Steuermann«, sagte er. »Sie steigen jetzt ins Boot. Also gut, gehen wir!«

Pit hatte den Weg zurück ins Dorf mühelos gefunden. Er legte sich hinter einen Felsen dicht bei der Treppe, die vom Südhafen heraufführte. Er hatte ein wenig Mühe, die Männer zu verstehen, denn sie sprachen einen Dialekt, der ihm fremd war. Ohnehin sagten sie nicht viel Wichtiges. Im wesentlichen beschwerten sie sich darüber, daß man ihnen eine solche Fahrt bei diesem Wetter zugemutet hatte. Aber Pit hörte auch heraus, daß sie noch in dieser Nacht ihren Lohn für die schwere Fahrt erhalten sollten. Und zwar bei einem gewissen Henning Petersen. Der Auftraggeber war offensichtlich mit dem Flugzeug gekommen und wollte noch vor dem Morgengrauen die Insel mit einer Yacht verlassen.
Als Pit dies Pepper und den anderen später berichtete, sagte der Detektiv: »Das hast du ausgezeichnet gemacht. Alles paßt ins Bild. Und wenn mich nicht alles täuscht, werden wir noch in dieser Nacht den Herren Merdinger und Breisach gegenüberstehen.«

»Und wer verhaftet sie dann?« fragte Hein Lück. »Schließlich hat keiner von uns Polizeigewalt, oder?«
»Na ja«, erwiderte Pepper, »bei Gefahr im Verzug dürften wir schon, aber besser wär's, die Küstenwache zu verständigen.«
»Mach' ich«, sagte Hein Lück. »Ich klingle erst mal Ole Swenson aus dem Bett, und dann fordern wir einen Hubschrauber mit entsprechender Besatzung an.«
Pepper nickte anerkennend. »Sie wissen, worauf's ankommt, Hein Lück! Inzwischen suchen wir das Haus von Henning Petersen.«
»Kein Problem«, sagte Hein Lück, »das ist die Schifferkneipe hinter der Kirche.«

Alles hätte nun wie am Schnürchen laufen können, wenn Merdinger nicht beim Inselrundflug die weiße Yacht am Nordhorn entdeckt und Breisach darauf aufmerksam gemacht hätte. Breisach hatte zunächst unwirsch darauf reagiert. Yachten gab's hier schließlich genug.
»Aber keine davon liegt normalerweise am Nordhorn«, sagte Merdinger, den nichts so sehr auszeichnete wie seine Übervorsicht.
»Aber wir können ja schließlich nicht einfach kehrtmachen. Von dieser verdammten Insel kommt man sowieso nicht ohne weiteres wieder runter. Petersen soll uns in seinem Boot wegbringen, und das wird er erst tun, wenn seine Leute ausbezahlt sind«, sagte Breisach.
In einer solchen Situation war er noch nie gewesen. Normalerweise überließ er derartige Missionen seinen Mitarbeitern. Der Teufel mußte ihn geritten haben, daß er sich auf diesen Helgolandausflug eingelassen hatte. Schon der Flug war bei diesen Luftturbulenzen eine Tortur gewesen. Aber er hütete sich, seine Unsicherheit zu zeigen.
»Gehen wir also zunächst zu dieser ominösen Yacht«, sagte er.

Der Sturm war zwar abgeflaut, aber noch immer blies ein unangenehmer Wind, den Breisach als Zumutung empfand. Insgeheim war er der Meinung, daß das Wetter freundlich zu sein hatte, wenn er sich schon einmal ins Freie begab.
Mißmutig stapfte er hinter Merdinger her durch das Dorf. Sie ließen Petersens Kneipe links liegen und horchten nur einen Augenblick auf die lauten Stimmen, die von dort zu ihnen herüberdrangen.
Schnell durchschritten sie das Dorf. Als sie das nördlichste Haus hinter sich gelassen hatten, blies ihnen der Wind schärfer ins Gesicht als zuvor.
Und dann hörten sie plötzlich Schritte hinter sich. Merdinger blieb stehen und griff nach der Pistole in der Tasche seines Kaschmirmantels. Wie immer trug er schwarze Glacéhandschuhe.
»Guten Abend, oder sagt man schon guten Morgen?« fragte Hein Lück, als er die beiden erreichte.
Breisach starrte den Riesen an wie eine Erscheinung. Endlich rang er sich zu einem »Guten Morgen« durch.
»Was wollen Sie denn da draußen?« fragte Hein Lück.
»Das geht Sie ja wohl nichts an«, fuhr Merdinger auf.
»Da haben Sie recht«, erwiderte Hein Lück. »Aber wenn man nichts zu verbergen hat, kann man doch ruhig sagen, was man vor hat.«
»Natürlich haben wir nichts zu verbergen. Wir haben lediglich lange zusammengesessen, etwas getrunken und wollten nun unsere Köpfe auslüften. Dazu braucht man ja wohl von niemandem eine Erlaubnis, oder?«
»Ne, ne«, sagte Hein Lück beschwichtigend.
»Außerdem interessiert uns diese besonders schöne Yacht dort draußen –, ich bin ein ausgesprochener Schiffsnarr!«
»Mein Schiff?« Hein Lück gelang es, seiner Stimme den Klang größten Erstaunens zu verleihen.

»Das ist Ihr Schiff?« fragte Breisach überrascht.
»Na ja, nicht direkt meins, ich bin nur der Skipper. Der Eigner ist ein Herr Schatz aus München. Ich betreue den Kahn und darf damit auch schon mal einen Turn auf eigene Rechnung und Verantwortung machen. Lück, mein Name. Hein Lück!«
Der Skipper wirkte ausgesprochen treuherzig auf Breisach und Merdinger.
»Und was führt Sie hierher?« fragte Hein Lück.
Es folgten ein paar Augenblicke peinlichen Schweigens.
»Nun«, antwortete Merdinger schließlich, »wir erholen uns hier.«
»Hm«, machte Hein Lück, »nachts soll die Luft zwar am besten sein, aber ich sage immer, am besten erholt man sich im Bett.«
»Da könnten Sie recht haben«, erwiderte Breisach gedankenlos.
»Trinken Sie noch einen Genever bei Petersen, dann können Sie bestimmt schlafen. Ich habe gerade gesehen, daß er noch auf hat. Hier auf Helgoland nimmt man's mit der Polizeistunde nicht so genau. Soll ich Sie begleiten?«
»Nicht nötig«, sagte Merdinger schnell und ließ endlich die Waffe in seiner Manteltasche los. Seine Hand war völlig verkrampft.
»Na, dann gute Nacht«, sagte Hein Lück. Er mußte diese beiden geschniegelten Typen endlich los werden. Schließlich wollte er die Küstenwache alarmieren, was er nun am besten per Funk von seinem Boot aus tat. Zu Ole Swenson war es inzwischen genauso weit wie zur Yacht ›Marietta‹. Es fiel ihm relativ schwer, den schmalen Weg Richtung Nordhorn weiterzugehen, ohne sich etwas anmerken zu lassen.
Er war sich bewußt, daß die beiden Männer, denen er jetzt den Rücken zukehrte, ihn beobachteten bis er in der Dunkelheit verschwunden war. Also stapfte er betont langsam weiter Richtung Nordhorn.

Breisach und Merdinger starrten ihm tatsächlich nach.
»Irgend etwas an dem Kerl paßt mir nicht«, sagte Merdinger. »Wir sollten uns das Boot doch ansehen.«
Breisach, der sonst gewohnt war zu bestimmen was geschah, war unsicher und sagte nur: »Wie Sie meinen, Merdinger.«
Sie standen noch eine Weile unschlüssig in dem heftigen, kalten Wind, der über die Hochfläche fegte.
Hein Lück drehte sich um, nachdem er etwa dreihundert Meter gegangen war. Die beiden Männer waren jetzt nur als Schattenbilder zu erkennen, denn genau in diesem Augenblick riß wieder einmal der Himmel auf. Der Skipper versteckte sich hinter einem Felsen und wartete. Langsam wurde er nervös, denn die Zeit lief ihm davon, und er mußte doch endlich die Küstenwache alarmieren. Offensichtlich trennten sich die Männer jetzt; einer wandte sich wieder dem Dorf zu, während der andere in Richtung Nordhorn losmarschierte.
Es war Merdinger, der nun auf Hein Lück zukam. Er ließ ihn an sich vorbei und folgte ihm in sicherem Abstand. Merdinger hielt am Kliff an und sah auf die Yacht hinunter. Unschlüssig stieg er ein paar Stufen hinab und legte dann die Hände wie einen Trichter vor den Mund: »He da, ihr da unten!« schrie er. Plötzlich stand Hein Lück hinter ihm und packte ihn mit seinen riesigen Pranken an beiden Schultern.
»Was soll denn das«, fuhr er Merdinger an.
Merdinger war zu Tode erschrocken.
»Wenn Sie etwas von mir wollen, dann sagen Sie's«, knurrte Hein Lück wütend.
»Warum sind Sie hier, und warum ankern Sie nicht im Südhafen?« stieß Merdinger hervor und versuchte dabei, seine Hand in die Manteltasche zu bringen. Hein Lück kam ihm zuvor und zog blitzschnell die Pistole heraus.
»Ach, daher weht der Wind«, knurrte der Seemann.
»Weißt du halbe Portion eigentlich was passiert, wenn ich dich

jetzt die Klippen runterstoßen würde so wie diesen Ballermann da?« Und im selben Augenblick warf Hein Lück die Pistole mit Schwung ins Meer hinab.
»So«, sagte Hein Lück, »und jetzt wollen wir mal meine Yacht besichtigen. Los, vorwärts!«
Er stieß Merdinger vor sich her die Stufen hinunter.
Frau Scheringer stand schon an Deck.
»Wir haben ungebetenen Besuch!« sagte Hein Lück zur Alten.
Er schubste Merdinger auf das Boot und griff sich ein Tau, das neben dem Steuerruder lag. Ohne viel Federlesens zu machen, fesselte er Merdinger und ging zu seinem Funkgerät.
Die Küstenwache meldete sich sofort. Man kannte Hein Lück dort als tüchtigen und aufrichtigen Seemann. Hein Lück gab einen kurzen Bericht und sein Gesprächspartner meinte, der Hubschrauber könne in dreißig Minuten dasein.
»Passen Sie gut auf den Kerl da auf«, sagte Hein Lück zu Frau Scheringer. »Und wenn Gefahr droht, fahren Sie einfach hundert Meter auf See hinaus. Hier ist der Anlasser und mit dem Hebel geben Sie Gas –, entweder Fahrt voraus oder Fahrt zurück, so einfach ist das.«
»Ich habe ja schließlich einen Führerschein«, entgegnete die Alte.
»Na ja, ein Auto ist das hier nicht gerade, aber Sie werden's schon schaffen«, erwiderte der Skipper. »Mast- und Schotbruch!«
Dann kletterte er die steilen Treppen wieder hinauf. Er hatte eine Menge Zeit verloren. Es wäre alles viel schneller gegangen, wenn er bei Ole Swenson hätte telefonieren können.

Breisach sah Pepper, Pit und Hastings, die sich hinter der Friedhofsmauer bei der Kirche versteckt hielten, nicht. Er schritt schnell auf Petersens Kneipe zu, aus der nun Gesang zu hören war.

In dem niedrigen Gastraum war die Luft von Rauch und Alkoholgeruch geschwängert. Breisach verzog angewidert das Gesicht. An einem der hinteren Tische erhob sich Oberon, der den Einsatz geleitet hatte.
Breisach nickte ihm zu. Der Gesang erstarb. Und auch das Gespräch an den Tischen verebbte.
»Ich will euch auszahlen und möglichst schnell wieder verschwinden«, sagte Breisach. »Ich nehme an, es ist alles zur Zufriedenheit verlaufen.«
Oberon nickte.
»Wie sieht es im Lager aus?« fragte Breisach leise. »Ich brauche einen exakten Bericht.«
»Ich kann's Ihnen nachher zeigen«, sagte Oberon vorsichtig, denn er wollte vor den Männern nicht darüber sprechen.
Breisach nickte. Dann zahlte er aus einem schwarzen, glänzenden Koffer jeden der Männer mit einem abgezählten Geldbündel aus. Das war ziemlich umständlich, und Breisach hielt es auch für eine unsinnige Handlung, aber die Schiffer bestanden darauf. Geld, das mit der Post, durch Boten oder gar per Überweisung kam, lehnten sie ab. Sie schmuggelten Waren aufs Meer hinaus und wußten ganz genau, daß das nicht legal war. Deshalb bestanden sie darauf, daß der Auftraggeber sie selbst entlohnte.
Oberon trat neben seinen Chef. »Wo ist Merdinger?«
»Er wollte eine Yacht kontrollieren, die am Nordhorn liegt.«
»Alleine?« Oberon wirkte alarmiert.
»Ja, sicher.«
»Der hat wohl nicht alle fünf Sinne beisammen.«
»Sie glauben, es könnte Schwierigkeiten geben?«
Breisach teilte während des Gesprächs weiter Geld an die Schiffer aus.
»Wenn tatsächlich einer hinter uns her ist, und er kennt sich mit den Verhältnissen hier aus, hat Merdinger keine Chance.«

Seitdem Breisach wieder vier Wände um sich herum und Geld in der Hand hatte, fühlte er sich sicherer.
»Das ist Merdingers Problem«, sagte er kalt. »Sie bringen mich jetzt zum Lager. Und sagen Sie Petersen, daß wir in einer halben Stunde die Insel verlassen.«
Breisach klappte den Deckel seines Geldkoffers zu.
Pepper hatte die Vorgänge in Petersens Kneipe durch eine Fensterscheibe verfolgt. Hastings und Pit standen hinter ihm und lauschten den kurzen, abgehackten Sätzen, mit denen der Detektiv sie informierte.
»Er macht irgend etwas mit Oberon aus«, flüsterte Pepper. »Jetzt kommen sie zur Tür. Achtung!«
Pepper, Pit und Hastings zogen sich hinter einen Mauervorsprung zurück.
Sie hörten gerade noch, wie Oberon sagte: »Wir können auf keinen Fall ohne Merdinger hier weg.«
»Der weiß sich schon zu helfen«, entgegnete Breisach. »Los jetzt, ich kann keine Zeit verlieren.«
Sie stapften die Dorfstraße hinauf.
Pepper sagte leise: »Ich gehe ihnen alleine nach, ihr haltet am besten ein wenig Abstand!«
Breisach und Oberon gingen zunächst nach Norden, folgten dann aber einem schmalen, in diesem Licht kaum erkennbaren Trampelpfad, der nach Westen abging.
Hastings, der dicht neben Pit ging, fragte: »Wie heißt der Fels dort vorne gleich noch mal?«
»›Hengst‹«, antwortete der Junge, »dort nisten die Lummen.«
»Ah, ja, richtig.« Hastings hatte nur gesprochen, um etwas zu sagen, weil er Pit irgendwie vermitteln wollte, daß er ihn nun doch für recht tüchtig und durchaus für brauchbar hielt.

Hein Lück sah Oberon und Breisach als er vom Nordhorn her Richtung Dorf kam und bei einer alten, halb verfallenen Weg-

marke abbiegen mußte. Er duckte sich hinter einen unordentlich aufgeschichteten Steinhaufen und beobachtete die beiden. Offensichtlich bestand nicht die Gefahr, daß sie zur Yacht ›Marietta‹ wollten, vielmehr hielten sie jetzt mit ausgreifenden Schritten auf den Felsturm ›Hengst‹ zu.
Und dann sah Hein Lück auch Pepper, der sich geschickt von einer Deckung zur anderen schlich und sich knapp dreißig Meter hinter Breisach und Oberon hielt. Hein Lück richtete es so ein, daß er auf Pepper traf.
»Was sagt die Küstenwache?« fragte der Detektiv.
»In einer halben Stunde soll der Hubschrauber hier sein«, gab Hein Lück ebenso leise zurück.
»Was ist mit Merdinger?« fragte Pepper weiter, während er Breisach und Oberon im Auge behielt.
»Auf Nummer Sicher. Als Paket verschnürt in der Obhut von Frau Scheringer.«
Sie schlichen jetzt dicht nebeneinander.
Doch auf einmal waren Breisach und Oberon wie vom Erdboden verschluckt.
»Verdammt«, entfuhr es Pepper.
Hastings und Pit schlossen auf.
»Was ist passiert?« fragte der Engländer.
»Sie sind verschwunden.«
»Na ja, irgendwo müssen sie ja sein, von der Insel kommt man schließlich nicht so einfach runter«, sagte Hein Lück.
»Eine Höhle vielleicht?« meldete sich jetzt Pit zu Wort.
»Ja, das wäre die einzige Erklärung«, meinte nun auch Pepper.

Breisach und Oberon waren keine hundert Meter von den vieren entfernt. Sie hatten das ›Lager‹ durch einen schmalen Felsspalt betreten.
Nur wenige Helgoländer kannten dieses Versteck, von dem behauptet wird, es habe schon Störtebeker und Goedecke Michel

als Schatzkammer gedient. Und keiner traute sich seit dieser Zeit mehr hinein, denn das Gestein war nämlich immer brüchiger geworden.
Die Stufen, die zwischen schartigen Felswänden hinab ins Innere des Felsens führten, waren kaum mehr zu erkennen. Oberon ließ eine Taschenlampe aufleuchten und sagte mit gedämpfter Stimme: »Vorsicht, das ist ein heimtückischer Gang. Letztes Jahr hat hier einer der Männer ein Bein gebrochen.«
Breisach nickte nur. Ihm war beklommen zumute. Eigentlich waren Ausflüge dieser Art überhaupt nicht nach seinem Geschmack.
»Ist es noch weit?« fragte er mit gepreßter Stimme.
Oberon lächelte im Bewußtsein, daß es der Chef ja nicht sehen konnte. »Das ist eben der Vorteil, daß das Lager so versteckt liegt.«
»Die Waffen vertragen aber keine Feuchtigkeit«, sagte Breisach.
»Da drin ist es absolut trocken«, gab Oberon zurück.
Unten angekommen befanden sie sich in einem Gang, der so schmal war, daß man beim Gehen die Wände mit den Schultern und den Ellbogen berührte.
»Wie steht's mit der Belüftung?« Breisach redete nur, um die aufsteigende Angst zu unterdrücken.
»Das Gestein ist porös. Außerdem gibt es überall Luftlöcher, ideale Plätze für brütende Vögel und Fledermäuse.«
Wie um seine Worte zu bestätigen war plötzlich ein flatterndes, schnarrendes Geräusch zu hören, und sie spürten einen scharfen Luftzug.
Breisach zuckte zusammen.
»Fledermäuse«, sagte Oberon, »friedliche, scheue Tiere.«
Breisach hielt es schon lange nicht mehr für eine gute Idee, in dieser Nacht das Lager zu besichtigen. Er hätte sich auf Oberon verlassen und mit dessen Berichten zufrieden sein sollen. Aber

andererseits hielt er es mit dem Grundsatz: Vertrauen ist gut, Kontrolle ist besser. Jeder, der sich nicht ständig unter Aufsicht fühlte, konnte auf die Idee verfallen, selbständige Geschäfte zu machen und sich zu bereichern.
Das Licht der Taschenlampe sprang und tanzte als kleiner, greller Fleck vor ihnen her.
»Dort vorne«, sagte Oberon.
Überrascht sah Breisach eine schwere Tür.
»Wie haben Sie denn die hierherbekommen?«
»Die war schon immer da. Man sagt, es sei ein Werk des Schiffszimmermanns von Klaus Störtebeker.«
Breisach und Oberon hatten das Gefühl, weit weg von der Welt und allen anderen Menschen zu sein. Sie kamen gar nicht auf die Idee, daß ihnen jemand gefolgt sein könnte. Hier unten war nichts von dem zu bemerken, was draußen geschah, man wußte nicht ob es Tag oder Nacht war, Geräusche drangen nicht bis in die Höhle hinein. Und deshalb machte sich unbewußt das Gefühl breit, daß andererseits auch draußen niemand etwas von dem ahnen konnte, was hier unten vor sich ging.
Breisach und Oberon hörten den Hubschrauber nicht, der über der Insel kreiste und behutsam den Landepunkt anflog. Zur gleichen Zeit hatten Pepper, Pit, Hastings und Hein Lück den Felsspalt gefunden, durch den die beiden Männer hineingelangt waren. »Ich laufe hin und sag' denen von der Küstenwache Bescheid«, flüsterte Hein Lück.
Mit langen Schritten rannte er auf das Dorf zu, während Pepper, Pit und Hastings vorsichtig die ersten tastenden Schritte in die Höhle hinein wagten.

Oberon stieß gerade die schwere Tür auf. Breisach hatte erwartet, daß sie knarren und quietschen würde wie in einem Gruselfilm, aber sie schwang lautlos auf. Die alten, schweren Angeln waren gut geölt.

»Das einzige Problem ist«, sagte Oberon, »daß wir alle Stücke einzeln rein- und wieder rausschaffen müssen. Die Kisten lassen sich nicht durch den schmalen Gang transportieren.« Er lehnte die Tür von innen an.
»Und wo lagern sie dann?« fragte Breisach.
»In Petersens Bootsschuppen.«
Hinter der Tür befand sich ein hohes Gewölbe, das vor langer Zeit von Menschenhand geschaffen worden war. Zwar war das schon immer ein größerer Raum gewesen, aber an den Wänden sah man die Spuren von Spitzhacken. Am Boden lag feines Geröll. In früherer Zeit hatte wohl jemand den Höhlenraum wesentlich erweitern lassen.
Die Waffen waren ordentlich gestapelt – Lage für Lage, immer um neunzig Grad gedreht. Das Metall glänzte stumpf. Oberon ging rasch von Wand zu Wand und zündete Kerzen an, die in stabilen Halterungen steckten.
»Jetzt können Sie sehen, wie trocken es hier ist«, sagte er, »sonst würden die Dochte nicht brennen.«
Breisach nickte und schaute wohlgefällig und stolz auf das Waffenarsenal: Gewehre, Maschinengewehre und -pistolen, Bazookas und, auf einer dicken Unterlage aus Holzwolle, eine Menge Munition. Breisach nickte zufrieden.
»Hervorragende Arbeit, Oberon«, äußerte sich Breisach lobend.
Dann wandte er sich Oberon zu: »Ich wußte, daß Sie mein kommender Mann sind. Merdinger wird langsam zu alt und zu ängstlich für diesen Job. Aber Sie sind entscheidungsfreudig und haben Mut.«
Oberon antwortete nicht. Im stillen hatte er eine derartige Erklärung erwartet, zumal er die ganze Zeit schon darauf hingearbeitet hatte.
Breisach ging von Stapel zu Stapel, zählte die Lagen und machte sich Notizen in ein kleines Buch.

Oberon sah heimlich auf die Uhr. Allzuviel Zeit durften sie nicht verlieren.

Pepper ärgerte sich schwarz, weil er ganz gegen seine Gewohnheit keine Taschenlampe bei sich hatte. Und die Streichhölzer gingen langsam zur Neige.
Als er zur untersten Treppenstufe kam hatte er nur noch eins übrig. Jetzt hörte er gedämpfte Stimmen. Unwillkürlich hielt Pepper inne. Hastings, der hinter Pepper herkam, stieß gegen ihn, ging aber sofort wieder auf Distanz. Ein schwacher Lichtschimmer war zu sehen. Pepper kniff die Augen zusammen. Irrte er sich, oder war dort vorne eine Tür aus Bohlen?
»Und wenn sie nun bewaffnet sind?« zischte Hastings.
Pepper hätte beinahe losgelacht; denn genau in diesem Augenblick konnte er durch den Türspalt einen ersten Blick in die unterirdische Waffenkammer tun. Mit dem, was da gelagert war, konnte man ein ganzes Heer bewaffnen.
»Zurück«, flüsterte er.
»Ohne Licht?« fragte Hastings.
Aber Pepper antwortete nicht.
Der unterirdische Gang war so eng, daß es schwierig war, sich darin umzudrehen. Pit, der ebenfalls mit heruntergekommen war, war nun erster.
Pepper rief leise: »Lauf du schon mal los, Pit, und mach' der Küstenwache Beine!«
»Was war denn das?« rief Breisach.
»Was meinen Sie denn?« fragte Oberon.
»Stimmen!«
»Hier unten glaubt man leicht Stimmen zu hören«, antwortete Oberon obenhin.
»Schritte. Da, hören Sie doch!«
Oberon streckte den Kopf vor und löschte das Licht der Taschenlampe. »Tatsächlich!«

Breisach fror plötzlich. »Gibt es einen zweiten Ausgang?« fragte er mit atemloser Stimme.
»Nur für Fledermäuse«, antwortete Oberon. »Wir sitzen hier in der Falle, aber wir sind zum Glück nicht wehrlos.«
»Sind Sie wahnsinnig«, schrie jetzt Breisach viel zu laut, »eine Schießerei kommt überhaupt nicht in Frage!«
»Kommt darauf an, wer dort vorne ist«, antwortete Oberon kühl und riß die Bohlentür auf.
Er horchte einen Augenblick in die Höhle hinein, wandte sich dann um, leuchtete den ersten Waffenstapel ab und griff sich eine Maschinenpistole. Mit geübtem Griff ließ er das Magazin herausschnappen und lud die Waffe durch.
»Bleiben Sie ein paar Meter hinter mir!« rief er Breisach zu, und begann zu rennen.
Pit hatte zu diesem Zeitpunkt gerade den Ausstieg erreicht, Pepper und Hastings aber waren noch auf der untersten Treppenstufe. Sie hatten Breisachs lauten Ausruf gehört und dann das Klicken der Waffe.
»Verdammt«, stieß Hastings hervor.
»Wer ist da?« hörten sie jetzt Oberons Stimme.
»Wir sitzen in der Falle«, sagte Pepper. »Sobald er um die Ecke ist, knallt er uns ab. – Hier ist Paul Pepper!« schrie er in den Gang hinein.
Die Schritte stoppten.
»Wer?«
»Pepper!«
»Das gibt's doch nicht!« rief Oberon. »Rühren Sie sich nicht von der Stelle, oder ich schieße.«
»Ganz ruhig«, entgegnete Pepper, bemüht selbst ruhig zu bleiben.
Die Schritte kamen näher. Und dann erfaßte der Lichtkegel von Oberons kleiner Taschenlampe Pepper, der auf der untersten Stufe der Treppe stand. Hastings hatte blitzschnell reagiert

und war tief gebückt die Treppe hinaufgestürmt. Zuvor aber hatte er seine Schuhe ausgezogen.
Pepper wunderte sich ein wenig und war im stillen voller Hochachtung für den britischen Havariekommissar, den er vielleicht doch manchmal ein wenig unterschätzt hatte.
»Sind Sie alleine?« fragte Oberon scharf.
Hinter ihm tauchte schemenhaft Breisachs Gesicht auf.
»Das sehen Sie ja wohl.«
»Und wer weiß, daß Sie hier sind?«
»Hein Lück, der Skipper der ›Marietta‹, der Ihren Freund Merdinger gerade eben mal auf Nummer sicher gebracht hat, außerdem meine Assistentin, Frau Scheringer, und die Zollfahndung natürlich.«
»Ach, ja?« Oberons Stimme klang höhnisch.
»Kein Hahn wird nach Ihnen krähen, wenn ich Sie jetzt umlege und hier unten vermodern lasse. Sie sind nämlich einer, der alles auf eigene Faust macht!«
Von oben ertönte eine Stimme: »Darauf würde ich an Ihrer Stelle aber keinen Penny wetten!«
Pepper deutete mit dem Daumen über die Schulter: »Engländer haben's bei jeder Gelegenheit auf eine Wette abgesehen.«
Ein Schuß peitschte. Pepper bildete sich ein, den Luftzug des Geschosses gespürt zu haben. Als Querschläger fuhr er durch den engen Aufgang.
»Lassen Sie doch den Unsinn«, herrschte Pepper Oberon an.
»Sie richten nichts damit aus. Mr. Hastings hat soeben die Höhle verlassen.«
»Hastings?« Das war Breisachs Stimme.
»Ja, der englische Havariekommissar, der für Lloyds arbeitet«, antwortete Pepper.
Sie standen in der tiefen Felshöhle und unterhielten sich fast wie auf einer Party.
»Was jetzt?« fragte Breisach.

Er meinte eigentlich Oberon mit dieser Frage, aber Pepper antwortete: »Sie haben wirklich keine Chance, Breisach!«
»Sie kennen mich?« Unverkennbar wurde Breisach jetzt von einer Panik erfaßt.
»Wir beobachten Sie, seitdem Sie mit dem Jet auf der Düne angekommen sind. Wir waren auch in der Nähe, als die Waffenkisten auf die ›Sayonara‹ gebracht wurden, und wir haben Sie beobachtet, wie Sie die Schiffer ausgezahlt haben. Merdinger sitzt, wie gesagt, fest, und ich frage mich, was Sie anderes tun wollen, als klein beigeben?«
Währenddessen schob Oberon sich näher und näher an Pepper heran, ohne daß dieser es merkte. Er hatte deshalb auch keine Chance zu reagieren.
Der Schlag traf ihn zu unvermittelt. Er spürte ihn kaum und merkte auch nicht mehr, wie er das Bewußtsein verlor. Der Detektiv sank lautlos auf die Treppe.
»Los jetzt«, zischte Oberon und stieg über den leblosen Körper Peppers hinweg. »Wir müssen hier raus!«
Er hastete die Stufen hinauf. Breisach hatte Mühe, ihm zu folgen, denn Oberon hatte die Taschenlampe nicht wieder angeknipst.
Oben sahen sie gegen die Helligkeit des Nachthimmels die Gestalt Hastings, der sich gerade vorsichtig dem Eingang näherte. Oberon hielt an und legte eine Hand auf den Arm von Breisach, dann schlich er geduckt weiter. Hastings schien unentschlossen zu sein. Er ging ein paar Schritte auf den Felsspalt zu, wandte sich dann aber wieder ab, als ob er zum Dorf zurückgehen wollte, machte aber schon nach wenigen Schritten wieder kehrt. Er redete leise vor sich hin.
Oberon hatte nun den Eingang erreicht. Er kauerte auf der letzten Treppenstufe und beobachtete Hastings genau. Vom Dorf her hörte man Stimmen. – Es war jetzt nicht ratsam zu schießen.

Hastings näherte sich wieder dem Felsspalt, zögerte, bückte sich nach einem Stein. Das war der Augenblick, in dem Oberon nach vorne stob. Er sprang Hastings an und riß ihn mit sich zu Boden.
Im selben Moment erschien Breisach am Eingang. Oberon schlug zweimal zu. Dann war Hastings genauso kampfunfähig wie Pepper.

Pit traf die Männer von der Küstenwache am Dorfrand. Hein Lück war bei ihnen. Der Skipper sagte: »Ihr seid Männer genug. Ich werde das Dorf im Auge behalten.«
Er dachte bei sich: Wenn es Oberon und Breisach doch noch gelänge, aus der Höhle zu entkommen, würden sie bestimmt versuchen, mit Petersens Boot zu verschwinden. Doch er hatte nicht mit Oberons Schläue gerechnet.

Breisach stand zitternd neben seinem Adlatus. Er war in diesem Augenblick bereit, dem jungen Mann blind zu vertrauen. Oberon schaute mit zusammengekniffenen Augen zum Himmel hinauf. Dann wandte er plötzlich den Kopf und sagte zu Breisach: »Die Yacht!«
»Bitte?«
»Hein Lücks Yacht. Dort ist Merdinger gefangen. Wenn es uns gelingt, seine Bewacher zu überraschen...!« weiter sprach er nicht, sondern begann, mit schnellen Schritten auf das Nordhorn zuzurennen. Breisach blieb einen Moment unschlüssig stehen und folgte ihm dann.

Pit war den Beamten der Küstenwache vorausgeeilt. Ihn trieb eine seltsame Unruhe. Später behauptete er, er habe die Gefahr ›gerochen‹, aber das war sicher eine Übertreibung. Auf jeden Fall sah er zwei Männer Richtung Nordhorn laufen. Er erkannte an ihren Umrissen und an der Art, wie sie sich beweg-

ten, daß es nicht Pepper und Hastings sein konnten. Pit, der sonst immer überlegte, bevor er handelte, machte es diesmal genau umgekehrt.
Er beschleunigte seine Schritte und rannte den beiden Männern hinterher, ohne jemanden davon zu unterrichten.

Merdinger hatte die ganze Zeit über versucht, Frau Scheringer zu beschwatzen, ihm die Fesseln zu lösen und ihn freizulassen. Die Alte saß ihm gegenüber, trank Tee und antwortete mit keiner Silbe, was ihr freilich schwer fiel.
Jonny und Arnica schliefen in einem Nebenraum.
Alle zehn Minuten erhob sich Frau Scheringer aus dem bequemen Sessel in der Kabine und stieg an Deck, um die Gegend mit den Augen abzusuchen.
So nach ein, zwei Stunden wurden diese Kontrollgänge aber immer unregelmäßiger ausgeführt. Sie war müde, und ihre Beine versagten ihr fast den Dienst.
Merdinger beobachtete sie aus den Augenwinkeln.
Die Versuche, sich selbst von den Fesseln zu befreien, hatte er allerdings längst aufgegeben. Zu fest saßen die kunstfertigen Fischerknoten von Hein Lück.
Und dann waren plötzlich Schritte an Deck. Leise Schritte! Das Boot begann, leicht hin und her zu wanken. Frau Scheringer blinzelte und fuhr aus ihrem Dämmerschlaf hoch. Das erste, was sie sah, war der matt glänzende Lauf einer Waffe. Dahinter tauchte Oberons Gesicht auf.
Noch bevor sie ganz wach war, machte sich Marie Luise Scheringer die heftigsten Vorwürfe. Sie, die Kriminalistin aus Leidenschaft, hatte den Überfall glatt verschlafen.
Der Mann hinter der Maschinenpistole sagte: »Keine Bewegung!« und kam vollends herein. Ihm folgte ein zweiter Mann, der unter einem teuren Trenchcoat einen gut sitzenden Maßanzug trug und Merdinger finster musterte.

»Haben Sie sich etwa von dem alten Weib da fesseln lassen?«
»Das ›alte Weib‹ nehmen Sie zurück«, fuhr Frau Scheringer Breisach an. Aber der kümmerte sich gar nicht um sie.
Niemand merkte das leichte Schwanken, das Pit erzeugte, als er auf den Bug des Bootes sprang.
Oberon begann, Merdingers Fesseln zu lösen. Dabei sagte er: »Sie nehmen die Waffe, ich mache das Boot los.«
»Haben Sie jetzt das Kommando?« fragte Merdinger aufgebracht.
»An Ihrer Stelle wäre ich ganz still und bescheiden«, antwortete Oberon grinsend.
Dann stieg er hinaus an Deck. Er warf einen raschen Blick auf die Uhr. Es war zehn Minuten nach drei Uhr.
Der Zündschlüssel steckte.
Oberon ließ den Motor an und im Leerlauf tuckern. Dann balancierte er nach vorne zum Bug.
Pit kauerte neben dem Steuerhaus.
Das Boot war an einem Felsvorsprung vertäut.
Von dort aus ließ sich die Vertäuung nicht lösen.
Oberon sprang auf den Fels hinüber und bückte sich. Währenddessen huschte Pit ans Steuer.
Oberon hatte mit Hein Lücks fachmännischem Knoten große Mühe. Endlich ließ sich das Tau über den Vorsprung ziehen. Im selben Augenblick legte Pit den Gashebel auf ›Volle Fahrt zurück‹. Das Boot schoß rückwärts Richtung See und geriet in eine kreisende Bewegung.
»Was soll denn das«, schrie Oberon. Er setzte zum Sprung an, machte einen Satz und verfehlte den Bug nur um Zentimeter. Klatschend fiel er ins Wasser.
»Da hat doch jemand geschrieen«, sagte drinnen Merdinger.
»Ich habe nichts gehört«, entgegnete Breisach, »und wenn schon, wir haben gerade abgelegt.«Pit versuchte, das Boot unter Kontrolle zu bringen.

Pepper kam langsam zu sich. Sein Hinterkopf schmerzte. Irgendjemand tätschelte seine Wangen. Pepper blinzelte in ein helles Licht.
»Was ist passiert?« fragte er mit schwacher Stimme.
»Sie sind niedergeschlagen worden und die Halunken sind auf und davon«, antwortete der Mann von der Küstenwache. Im selben Augenblick erschien Hein Lück oben an der Treppe und rief: »Zu Petersen sind sie nicht!«
Da war Pepper mit einem Schlag hellwach.
»Das Boot. Die ›Marietta‹!«
»Verdammich! Verdammich!! Verdammich!!« schrie Hein Lück. »Das hätte ich wissen müssen!«
Er machte auf dem Absatz kehrt und lief so schnell er konnte Richtung Nordhorn.
»Was hat er denn?« fragte Hastings, der langsam auch wieder zur Besinnung kam.
»Los«, schrie Pepper von unten, »alle Mann zum Nordhorn.«

Die Yacht machte, was sie wollte. Zumindest kam es Pit so vor. Jonny wachte auf, weil er glaubte, er befinde sich auf einem Karussell. Von nebenan hörte er Stimmen. Er rüttelte Arnica wach.
Die Stimmen waren ihnen fremd, aber es dauerte nicht lange, bis sich die beiden Kinder einen Reim machen konnten, denn Frau Scheringer giftete laut: »Sie kommen nicht weit! Und wenn Sie mich als Geisel nehmen, dann machen Sie sich mal keine Hoffnungen. Ich bin einundachtzig Jahre alt. Mich braucht keiner mehr zu schonen!«
»Geisel?« sagte Arnica leise.
Jonny war bereits von der Couch aufgestanden und zu der schmalen Zwischentür gegangen.
Sehr vorsichtig drückte er die Klinke nieder und schaute durch einen schmalen Türspalt. Die Alte saß noch immer in ihrem

Sessel und hatte eine halbvolle Teetasse in der Hand. Am Aufgang stand, mit dem Rücken zum Raum, ein Mann im Trenchcoat. Ein anderer, der einen teuren Kaschmirmantel trug, stand breitbeinig mitten in der Kabine und richtete eine Maschinenpistole auf Frau Scheringer.
Jonny drückte die Tür weiter auf.
Das Boot vollführte so seltsame Bewegungen, daß die beiden Männer Mühe hatten, auf den Beinen zu bleiben.
Merdinger ließ die Waffe sinken und hielt sich am Tisch fest. Jonny, den Pit gerne den ›Spezialisten für unüberlegte Handlungen‹ nannte, rannte im selben Augenblick los und mit voller Wucht in den Rücken des Mannes mit der Maschinenpistole. Merdinger stürzte mit einem Schmerzensschrei zu Boden und ließ die Maschinenpistole fallen. Breisach, der gerade zur Brücke hinaufsteigen wollte, fuhr herum. Da traf ihn der Inhalt von Frau Scheringers Teetasse mitten ins Gesicht.
Die Maschinenpistole schlitterte direkt vor die Füße der Alten. Sie brauchte sich nur danach zu bücken.
Als Merdinger sich aufrappelte, sah er direkt in die Mündung der Waffe.
»Keine Bewegung, vor allem keine falsche«, rief Frau Scheringer.
Arnica kam aus dem Nebenraum. »Was ist denn passiert?« fragte sie.
»Jetzt müssen wir nur noch den Mann am Steuer ausschalten«, sagte Jonny großspurig und sprang die Treppe hinauf.
»Jonny, bleib hier!« schrie Frau Scheringer entsetzt.
Doch der junge Bergemaier war nicht aufzuhalten. Als er allerdings auf die Brücke kam und seinen Freund Pit sah, blieb ihm der Mund offen stehen.
Er stieg wieder hinab und sagte: »Der Mann am Steuer ist *unser* Mann. Pit ist der neue Kapitän, wie es aussieht.«

Der Rest ist schnell erzählt: Hein Lück kam an der Anlegestelle an, zog den wild paddelnden Oberon aus dem Wasser und starrte auf sein Schiff, das sich draußen, etwa fünfzig Meter entfernt, noch immer wie ein Kreisel um sich selber drehte. Er schrie sich die Lunge aus dem Leib, aber Pit konnte ihn nicht hören. Jonny, der wieder auf die Brücke kam, stellte sich neben seinen Freund, zeigte zum Ufer und sagte: »Ist das nicht Hein Lück?«
Jetzt sah auch Pit den Riesen.
»Schalte doch mal den Motor aus!« bat Jonny.
»Wie denn?«
»Zieh einfach den Zündschlüssel ab.«
Jonny machte es gleich selber.
Das Motorengeräusch erstarb. Das Boot beruhigte sich. Drüben kamen noch mehr Leute die steile Treppe von der Klippe herunter.
Irgend jemand nahm sich Oberon an, während Hein Lück seine Kleider ablegte und ins Wasser sprang. Mit langen Zügen schwamm er auf die ›Marietta‹ zu und enterte sie Minuten später.
Sein Erstaunen läßt sich nicht beschreiben. Er starrte die Alte an wie das siebte Weltwunder. Denn sie hielt mit der Maschinenpistole noch immer Merdinger und Breisach in Schach. Zu Hein Lück sagte sie beiläufig: »Sie sollten sich etwas anziehen. Sie könnten sich sonst erkälten, junger Mann!«

Am nächsten Tag konnte man folgenden Zeitungsartikel von Jonnys Vater im ›Tagesanzeiger‹ lesen:

Video-Piraten handeln mit Waffen

Bericht unseres Chefreporters H. Bergemaier

Es begann mit einer Erpressung. Der Filmvorführer G. hatte sich zu ein paar Glas Wein einladen lassen, ein wenig über den Durst getrunken und dann seinem Gastgeber einen Wunsch erfüllt. Nachts arrangierte er eine Sondervorstellung im Kino für ihn. Gemeinsam schauten sich die beiden einen Film an.

Anderntags erpreßte der spendable Fremde den Filmvorführer: Entweder liefere G. ihm Filmstreifen für Video-Raubkopien, oder er lasse ihn bei seinem Chef hochgehen, wegen der eigenmächtigen nächtlichen Sondervorstellung. G.: »Ich war wie vor den Kopf gestoßen und willigte ein. Ich dachte, ich hätte keine andere Wahl.«

Daß er sich damit vollends in die Hand des gewissenlosen Erpressers begab, wurde ihm erst richtig klar, als die Videogangster von ihm verlangten, nunmehr regelmäßig Vorführkopien des Kinos für ihre Zwecke zu liefern. Nachts nach der letzten Vorstellung brachte G. die Filmstreifen in eine Kopierwerkstatt, zwei Stunden später holte er sein Zelluloid wieder ab und schaffte die Filmdosen zurück in seinen Vorführraum.

So konnten die Video-Piraten die neuesten Filme anbieten – längst bevor sie offiziell in die Videogeschäfte kamen. Und ihre Produktionskosten waren gering. Lizenzen mußten nicht bezahlt werden, der Vertrieb wurde über Einzelverkäufer abgewickelt, die mit hohen Provisionen gelockt wurden.

Pech für die Raubkopierer war, daß ein paar Leute, deren Namen hier nichts zur Sache tun, hinter das einträgliche Geschäft kamen und noch größeres Pech war es, angesichts der Tatsache, daß dieses einträgliche Geschäft in Wahrheit nur ein Nebengeschäft war. Die mafiaähnliche Organisation, die hinter den Raubkopien steckte, betrieb nämlich illegale Geschäfte, wo immer sich welche anboten.

Auf der Suche nach der Kopierwerkstatt kam die Polizei in ein Lager und stieß auf einen riesigen Stapel Kartons, die sich als brisante Indizien erwiesen. Denn die Kartons stammten von einer Schiffsladung japanischer Video-Re-

corder und -Kameras, die im Hamburger Freihafen abhanden gekommen waren. Ganz offensichtlich wurden die teuren Geräte bei einer Firma in unserer Stadt umgerüstet und als Billigprodukte unter einem neuen Etikett auf den Markt geworfen. Die Schiffsladung stellte einen Wert von über zwölf Millionen Mark dar.
Es ist immerhin erstaunlich, daß Gangster, die mit solchen Summen jonglieren, auch so viele kleinere Geschäfte machen, wie sie Video-Raubpressungen darstellen.
Noch seltsamer war die Tatsache, daß das Containerschiff, das die Videogeräte in Hamburg sozusagen verloren hatte, ohne Ladung nach Japan zurückfahren sollte. Normalerweise läßt die Reederei ein Schiff möglichst keine Seemeile ohne Transportgut fahren.
Der bekannte Detektiv Paul Pepper nahm sich vor, diese obskuren Geschichten auszuleuchten. Er fuhr nach Hamburg und traf dort auf einen englischen Havariekommissar, der im Auftrag einer Versicherung recherchierte. Die abhanden gekommene Ladung war nämlich versichert gewesen und sollte nunmehr ersetzt werden.
Bald schon kamen der englische Havariekommissar und der deutsche Detektiv auf Zusammenhänge zwischen der Organisation, die hier in unserer idyllischen Heimat gestohlene Videogeräte umfrisierte und dem ersten Offizier des japanischen Schiffes, dem die Ladung auf mysteriöse Weise abhanden gekommen war, was übrigens gar nicht so selten passiert, wie wir ermitteln konnten.
Und immer wieder tauchte der Name Breisach auf. Auch der englische Havariekommissar kannte den Namen, freilich nicht aus der Videobranche, sondern aus der Welt des internationalen illegalen Waffenhandels.
Die Vermutung lag nahe, daß der japanische Transportliner auch für diese Art Geschäfte eingesetzt wurde. Doch das Containerschiff verließ ohne Ladung den Hamburger Hafen. Pepper und der englische Havariekommissar waren auf einer Spur, die nach Helgoland führte.
Tatsächlich hielt der Japaner auf die Gewässer bei Helgoland zu, wo er trotz stürmischer See von einer ganzen Armada kleiner Barkassen kistenweise Waffen übernahm. Pepper und der Havariekom-

missar stießen auf ein Waffenlager tief in den Helgoländer Felsen. Vom einfachen Sturmgewehr bis zu kompletten Teilen eines Flugabwehrgeschützes fand sich dort alles, was man heute in die Krisengebiete der Welt teuer verkaufen kann.
So kommt es manchmal: Ein kleiner Verdacht führt zur Aufklärung eines großen Verbrechens. Paul Pepper sagte zu unserer Zeitung: »Es war, als hätten wir ein kleines Steinchen losgetreten und damit eine riesige Lawine ins Rollen gebracht.«
Zum Glück hat die Lawine nun die Gangster mit sich gerissen, die eine der gefährlichsten Verbrecherorganisationen unserer Tage gebildet haben.

Er zwängte sich durch die enge, niedrige Tür und begann langsam mit dem Abstieg. Vorsichtig tastete er nach Halt für die Füße und hielt sich an hervorstehenden Balken fest. Justus sah von oben zu.
Bald war Peter am Ziel. Er fand die kleine Tür im ersten Stockwerk und stieß mit dem Fuß dagegen, und sie schwang auf. Peter schlüpfte aus dem Schacht in eine leere, verstaubte kleine Kammer. Dann steckte er den Kopf wieder in die Schachtöffnung und sah hinauf.
„Alles klar!" rief er. Unbewußt senkte er dann die Stimme zu einem Flüstern. „Komm runter."
Justus erschrak. Für ihn war der Zugang zum Schacht reichlich eng, und als er sich hineinzwängte, spürte er, wie etwas zerriß. Er kümmerte sich nicht weiter darum und begann sich in kleinen Schüben hinunterzulassen. Die Stützpunkte für Hände und Füße benutzte er ebenso wie Peter, aber es kam ihm wie eine Ewigkeit vor, bis er das Stockwerk darunter erreicht hatte. Er spürte, daß er bei jeder Bewegung Spinnweben und Staub einatmete.
„So geht's, wenn man beim Pizzaessen nicht rechtzeitig aufhört", flüsterte Peter in den Schacht.
Justus warf ihm einen stummen, finsteren Blick zu. Inzwischen hatte er die kleine Türöffnung erreicht und zwängte sich durch in Francesca Fontaines Suite.
Die beiden waren nun in einem kleinen Vorraum. Das einzige Licht kam durch eine kleine Glasscheibe, die in eine altmodische Schwingtür eingesetzt war. Peter wies auf diese Tür.
„Dahinter müssen die übrigen Räume liegen." Wieder flüsterte er. Flüstern schien an diesem längst verlassenen Ort angemessen.
Justus drückte gegen die Schwingtür, und sie öffnete sich.
Er hielt den Atem an.
Peter blickte ihm über die Schulter, und ganz leise sagte er: „Gibt's denn so was?" Hier lag kein Staub, hier hing kein dumpfer Modergeruch in der Luft...

Leseprobe aus dem Band „Die drei ??? und der heimliche Hehler" von Alfred Hitchcock, erschienen in der Franckh'schen Verlagshandlung, Stuttgart.

„Es ist Ihnen unbehaglich, nicht wahr?“ rief der Däne.
„Machen Sie schon, und zünden Sie endlich das Licht wieder an!“ erwiderte Kennedy ungehalten.
„Es ist merkwürdig, Kennedy“, fuhr er fort, „ich stelle gerade fest, ich könnte von Ihrer Stimme her unmöglich beurteilen, wo Sie stehen. Geht es Ihnen auch so? Können Sie mir sagen, wo ich bin?“
„Nein. Es hört sich für mich an, als ständen Sie auf allen Seiten zugleich.“
„Wenn ich die Schnur hier in meiner Hand nicht hätte, wüßte ich nicht, wohin ich mich wenden sollte.“
„Ich habe erst recht nicht die leiseste Ahnung. Zünden Sie jetzt das Licht an, meine Güte, und machen Sie ein Ende mit diesem makabren Unsinn!“
„Nur mit der Ruhe, Kennedy. Wenn ich mich richtig erinnere, gibt es zwei Dinge, die Sie besonders reizen. Das eine ist ein Abenteuer, das andere ein Hindernis, das es zu überwinden gilt. Beides will ich Ihnen jetzt bieten. Das Abenteuer besteht für Sie darin, aus der Katakombe herauszufinden. Und das Hindernis liegt in der Dunkelheit und den zweitausend irreführenden Abzweigungen, die es Ihnen erschweren werden, den richtigen Weg zu entdecken. Aber Sie brauchen sich nicht zu beeilen, denn Sie haben alle nur erdenkliche Zeit vor sich. Und wenn Sie zwischendurch eine Pause einlegen, empfehle ich Ihnen, an Miß Mary Saunderson zu denken und sich zu fragen, ob Sie sich ihr gegenüber wie ein Gentleman verhalten haben.“
„Sie Teufel! Was meinen Sie damit?“ brüllte Kennedy außer sich vor Wut.
Er begann, in kleinen Kreisen herumzurennen, und griff dabei hilflos mit den Händen in die Dunkelheit.
„Leben Sie wohl“, ertönte jetzt bereits in einiger Entfernung die Stimme des Dänen.

Leseprobe aus dem Band „Die neue Katakombe“ von Sir Arthur Conan Doyle, erschienen in der Franckh'schen Verlagshandlung, Stuttgart.

Frau Scheringers Kiosk
Bungalows
hier wohnen
Arnica
und
Jonny
Hochhaus in dem Pit wohnt
Verkehrsstrasse
Nussbaum
Nussbaum